一生働きたくない俺が、クラスメイトの大人気アイドルに懐かれたら
2
「じゃあ、私と青春しよう」
国民的美少女と夏の思い出を作ることになりました
岸本和葉
イラスト みわべさくら

「りんたろーくん、お待たせ」
ミア／宇川美亜《うがわ・みあ》
ミルスタのミステリアス担当。よく凛太郎のことをからかって遊ぶが、凛太郎が反撃に出ると意外と照れる。

「どんどん食えよ。
いくらでも焼いてやるから」
バーベキュー

「凛太郎……どう？」
カノン／日鳥夏音《ひどり・かのん》
ミルスタの元気印。ツンデレに見せかけて素直。レイやミアに振り回されがちだが、それだけ二人にも信頼されている。
「存分に見惚れていいわよ！あたしの水着に！」

一生働きたくない俺が、クラスメイトの大人気アイドルに懐かれたら 2

国民的美少女と夏の思い出を作ることになりました

岸本和葉

OVERLAP

CONTENTS

イラスト／みわべさくら

I don't want to work for the rest of my life, but my classmates' popular idol get familiar with me.

第一章

終業式なのにプロローグ

I don't want to work for the rest of my life, but my classmates' popular idol get familiar with me.

チャイムの音が鳴り響く。

俺はサウナのように蒸し暑い体育館の熱から少しでも逃れるため、ワイシャツをパタパタと扇《あお》いだ。

男子高校生、志《し》藤《どう》凛太郎《りんたろう》の二回目の夏。

平均気温が去年よりも高いと予想されている時点で、秋が来るまで生き抜けるかどうか不安になっていた。

「暑いね、凛太郎」

「ああ……暑いな、雪緒《ゆきお》」

俺の隣に立つ稲葉《いなば》雪緒と、そんな中身のない会話をする。

何故《なぜ》俺たちが体育館にいるかと言えば、それは今日が終業式の日だからに他ならない。

すでに全校生徒が舞台を目の前にして規則正しく並んでおり、跳ね上がった人口密度によって体感温度は本来計測されるであろう温度よりも高くなってしまっているはずだ。

それでも、明日から夏休みだと思えば耐えることができる。

容赦なく渡された夏休みの課題がどれだけ多かろうとも、約四十日という長い休みと比べれば些細《ささい》な問題だ。

まあ、結局はほとんどの生徒が八月後半で苦しむことになるんだけれど。

ちなみに俺は宿題に関しては前半で終わらせるタイプである。

これをよく意識高いだの真面目だの言われることがあるが、ぶっちゃけやることがないだけだ。

去年の夏など酷《ひど》いもので、優月《ゆづき》先生のところでバイトするか、勉強するか、雪緒と飯を食うかのどれかしかなかった。

友達と遊んでいるだけ恵まれていると思ってはいるが、後半彼とその家族は海外旅行に行ってしまったため本気でバイト以外にやることがなかった。

そのことに不満があったわけではないが、何度かこれでいいのかと自問自答したことだけは告白しておこう。

――ふと、視線を我がクラスに所属している大人気アイドルに向けてみる。

乙咲玲《おとさきれい》という名の大スターは、この熱気の中ですら平然とした顔で立っていた。

さすがはアイドル。もともと表情の変化が乏しいということもあるが、ヘタっていると ころすらも周りには見せない。

俺の視線に気づいたのか、横目でこっちを見る彼女と目が合った。

途端に玲は顔を綻ばせ、何とも愛らしい笑みを浮かべる。

ここ最近になって彼女が浮かべるようになった、あらゆるファンを尊死させる殺人スマイルだ。

さすがに俺はもう動じない。

何故ならこの前のライブにてその上位互換を画面越しではなく生で体感したからである。

『えー、では校長先生の挨拶です』

マイクを通した教師の声が響き渡り、舞台の中央に初老の校長先生が現れる。

さて、校長の話というものは常々長いと言われがちだが、うちの校長もそれは例外ではない。

一学期にあったイベントなどを総ざらいしつつ、夏休みの過ごし方に対して口を出してくる。

別に校長の言っていることが間違っているわけではないのだが、この場においては反感を大いに買っていた。

なんたってこの気温なのだから、皆一秒でも早くここから立ち去りたいんだ。

『――――これにて、終業式を終わります』

皆が心を無にして耐えていれば、そんな教師の言葉とともにようやく解放される。

後は成績表をもらって、いくつかの連絡事項を聞いたら今日のところは終わり。

自分の成績表を見た俺は、ほっと息を吐《つ》く。

（……よし）

うちの学校は五段階評価で成績を出し、当然ながら5が一番いい評価だ。

俺の成績には比較的5が多く並び、次に4が目立っている。

良い成績と言っていいだろう。昨年から努力を積み重ねた甲斐《かい》があった。

「凛太郎、成績はどうだった？」

教室で前の席に座っていた雪緒が、身を乗り出して問いかけてくる。

「ん？　ああ、去年より上がってたぞ。雪緒は？」

「僕は去年と同じくらい。あんまり変わってないね」

「お前は元々成績がいいからなぁ」

「ははは、体育以外はね……」

「まあこの時期は仕方ねぇって。二学期になったら取り戻せばいいさ」

雪緒の成績は学年の中でも相当上位に当たる。

ただしそれは座学系に限る話であり、こと一学期に関して体育だけはどうしても2を取ってしまうのだ。

これに関しては、六月から始まる水泳の授業が原因である。

聞くところによると、塩素と肌の相性が悪くてそもそも参加できないらしい。

参加していない生徒に好成績をつけるわけにもいかず、学校側も雪緒側も双方了承したうえで、最低限の成績を与えるという話で落ち着いているんだそうだ。

これればかりはもう仕方がない。

「でも今回ずいぶん頑張ったよね、凛太郎。入学当時から別に悪い訳じゃなかったけど、やっぱりいい大学を狙ってるの？」

「……まあな、一応それも条件だし」

親父《おやじ》の下を離れる際に、俺は二つの条件を言い渡されていた。

まずは高校で良い成績をキープすること。

そしてもう一つが、一定以上の偏差値の大学へと合格すること。

親父としては、最低限志藤グループの名を汚さない程度の学歴を持っていてほしいらしい。

直接そう言われたわけではないが、こんな条件を提示してくるのだから、どうせそんな魂胆があるに決まっている。

結局俺はまだ未成年。そう言った大人の思惑には、ある程度従っていかなければ生きていけないのだ。

何にせよ、将来親父の下で訳の分からない経営学やら何やらの知識を叩《たた》き込まれるよりはマシである。

「できれば、大学も凛太郎と一緒がいいなぁ」

「情けねぇ話だけど、さすがにお前と同じ偏差値の所には行けねぇぞ」

「その時は僕が合わせるから大丈夫だよ。偏差値が高い所に一人で行っても、多分ストレスが溜《た》まるだけだからさ」

それは確かにそうかもしれない。

やはり何事も身の丈に合ったものを選ぶに限る。

「そんじゃまあ二人でまた頑張りましょうってことで、今日はどうする？　一応俺は暇だけど、宿題でもやりに行くか？」

「いいね。問題集系のやつからササっと終わらせちゃおうか」

今日の午後は玲も仕事でいないし、雪緒を新居に招いてもいいかもしれない。

たまにはあいつら以外のために飯を作るか――――。

「あ、ごめん。帰る前に図書館に本を返しにいかなきゃ。先に行っててくれる？」

「ん、分かった。下駄箱《げたばこ》のとこで待ってるわ」

鞄《かばん》を肩に担ぎ、雪緒を残してそのまま玄関の方へ。

屋内であっても、やはりじめじめとした嫌な湿気が肌に張り付くような感覚がある。この湿気さえ何とかなれば、夏ももう少し快適になるんだろうなぁ。

「――――あ、あの！」

「ん？」

下駄箱に寄りかかってボーっとスマホを眺めていると、突然聞き馴染《なじ》みのない女子の声が聞こえてきた。

顔を上げても、周りに人影はない。

どうやらこの背を預けている下駄箱の向こう側にいるらしく、そもそもこの声は俺にかけられたものではなかったようだ。

「私とっ、付き合ってください！」

うっ、と息が詰まる。

まさかこんなところで生告白を聞いてしまうだなんて思いもしなかった。

きっと俺がいることに気づいていないんだろう。

下手に動くと気まずい思いをさせてしまうかもしれないし、ここは一旦気配を殺す。

今告白して成功すれば、夏休みは恋人と過ごせる最高の時間になるはずだ。

タイミングとしては申し分ない。

せっかくなら成功してほしいと思い、俺は祈るように目を閉じた。

「――――ごめん、好きな人がいるんだ」

おい、待て。

女子の方に聞き覚えはなかったが、こっちの男にはあるぞ。

完璧超人の大人気イケメン、柿原祐介《かきはらゆうすけ》。

告白シーンに遭遇することも稀《まれ》だが、そこに知り合いが関わっているだなんて思いもしなかった。

「そ、そっか……ごめんね、急に」

「謝らないでくれ。気持ちはその、すごく嬉《うれ》しかったから」

女子の方が走り去っていく音がする。

黙ってやり過ごそうと思ったが、よく考えれば俺と柿原はクラスメイト。下駄箱の位置はほぼ一緒なわけで――――。

「凛太郎……いたなら声をかけてくれればいいのに」

まあ、こうなるよな。

俺は猫かぶりモードになってから、柿原に向き直る。

「あ……ごめん、ちょっと声をかけづらくってさ」

「まあ、そうだよな」

乾いた笑いを漏らしながら、彼は下駄箱から靴を取り出す。

その顔には罪悪感が色濃く浮かび上がっており、少し痛々しい。

「その……相変わらずモテるんだね」

「そう、なのかなぁ……別に何か変わったことをしているわけじゃないんだけど」

そりゃそうだ。柿原はただ普通に過ごしているだけ。

根が聖人なこいつは、デフォルトで人に優しく接してしまう。

ここにプラスして顔もいいときたもんだ。

俺が女だったら好印象しか抱かない。

まあ、競争率が高いのは面倒臭いのでガチ恋はしないと思うけど。

「なあ、凜太郎《りんたろう》。これから少し話せないかな?」

「え?」

「ちょっと相談事っていうかさ……梓《あずさ》のことなんだけど」

ぴくッと肩が反応してしまう。

今の俺はその名前に敏感だ。

「……ごめん、先約があるんだ。夏休みに入ってからでもいいかな?」

「そ、そっか。じゃあ仕方ないよな。じゃあ……これだけ言わせてくれ。俺、一つ決心したことがあるんだ」

柿原はやけに真剣な顔で、俺の方へと向き直る。

「俺、梓を二人きりでデートに誘う」

――ああ、そう。へー。

あまりにも真剣な顔で言うもんだから、てっきり告白する決心でも付いたのかと思った。

元々奥手な人間のようだし、むしろこの決心がついただけでもめちゃくちゃな進歩なのかもしれない。

申し訳ないことにあんまり興味がないんだけど。

「つ、ついにって感じだね」

「ああ。来年は受験で忙しくなるだろうし、もうチャンスは今しかないって思ってさ」

「そうだね。祐介君も二階堂《にかいどう》さんも結構上の学校目指しそうだし」

「俺はそうでもないけど、梓はかなり上を目指しているみたいなんだよなぁ……同じ大学に行けるといいんだけど」

うひょー、こいつはもうベタ惚《ぼ》れだぜ。

目の前で繰り広げられる青春が眩《まぶ》しすぎて、そう言ったものに耐性のない俺は頭がくらくらしてしまう。

いや本当にもう他所《よそ》でやってくれねぇかな。頼むよ。

「頑張れ、祐介君。俺ずっと応援しているからさ」

「ああ、ありがとう。それじゃあ昼飯買って帰るから、先に行くよ」

「うん。じゃあまた」

靴を履き替えた柿原は、そのまま玄関口から外へと出ていく。

ため息を吐きながら彼の背中を見送っていると、後ろから肩を叩かれた。

「凛太郎、お待たせ。誰かと話してたの？」

「ん？　ああ、雪緒《ゆきお》か。ほら、柿原と話してたんだよ」

猫かぶりモードを解除した俺は、校門へと向かっている柿原の背中を顎で示す。

「そういえば調理実習の時から結構仲いいよね、凛太郎」

「仲いい、ねぇ。外から見ればそう思われるかもしれねぇな……」

「？　実際は違うのかい？」

「別に。邪険に扱っているつもりはねぇけど、まだ素で接してねぇからなぁ。仲がいいって言うのはちょっと気が引けるっつーか」

柿原からどれだけ友人として扱われようと、俺の方からはそう扱えない。

口には出さないが、それが少しだけ申し訳ないと思っていた。

俺は、他人に素で接することに抵抗がある。

人に言われなくても、自分の性格が決して良くないことくらいは分かっていた。

そしてそれをわざわざ他人に合わせるために変えるつもりもない。

勝手に期待されて、勝手に幻滅されるのはごめんだ。

変に関係がこじれるくらいなら、ずっと猫被《かぶ》ったままでいい。

「まあこの話は置いておこうぜ。勉強場所はうちでいいか？」

「え、それはこっちのセリフだよ。お邪魔しちゃっていいのかい？」

「何だかんだ新居に招くタイミングがなかったからな。昼飯も作るからよ」

「やったっ、ちょうどお腹《なか》が空《す》いてたんだよ」

俺は雪緒を連れて、マンションまで帰る。

初めて俺の新居の前に立った雪緒は、その大きさに唖然《あぜん》としていた。

「こ、こんなところに住んでいるのかい……？　家賃も相当高いんじゃ……」

「ちょっと色々あってな。……ま、いつか話すよ」

玲《れい》との関係は、いずれ雪緒には話さなければならないと思っていた。

彼女もミルスタの二人には事情を話している。

それはミアとカノンがかけがえのない仲間だからこそであり、俺にとってそれと同じ関係に当たる人物が、この稲葉《いなば》雪緒だ。

このまま隠し事をしながら過ごすのは、やはり気が引ける。

部屋に招き入れると、雪緒は周囲をきょろきょろと見回し始めた。

前の家にもあった家具を見つけてようやく俺の家だと確信したのか、彼は安心したように息を吐《つ》く。

「やっぱり知っている物があると安心するね。前と違いすぎて一瞬ドキドキしちゃったよ」

「俺もしばらくは慣れなかったよ。そうだ、昼飯は焼うどんでいいか？　これならすぐ作れるんだけど」

「うん。問題ないよ」

「んじゃソファーで待っててくれ」

俺はキッチンへと向かい、あらかじめ購入しておいたうどんと、ネギ、豚肉、キャベツを取り出す。

具材を一口大に切り、フライパンで炒《いた》め合わせる。醤油《しょうゆ》とだしの素《もと》で味をつけ、塩コショウで整えて完成。

「ほら、できたぞ」

「わぁ！　ありがとう！」

やけにテンションの高い雪緒の前に、作りたての焼うどんを置く。

俺も隣に座り、「いただきます」と一言告げて箸を動かした。

「いただきますっ。――――んー！　美味《おい》しい！」

「ならよかったよ。お前に飯作るの久々だったからなぁ」

「そうだね。ちょっと寂しかったよ」

「おいおい……気持ち悪い言い方すんなよ」

二人してうどんをすすった後、俺たちは当初の予定通り課題に取り掛かった。

数ある課題の中で、数学の問題集を解く課題がもっともシンプルであり、かつ時間がか

かる。まず仕留めてしまうならこいつからだ。

カリカリと、シャーペンを走らせる音だけが響く。

俺も雪緒も数学の成績は悪くないため、特に躓《つまず》くことなく問題を解き続けることができていた。

故にここまでくるとただの作業となる。

時たま応用問題のような難しい物が現れた時だけは相談したりするのだが――。

「なあ、雪緒。これなんだけどさ」

「ああ、これならここをこうして……」

と、このように雪緒に聞けばすぐに解き方を教えてくれる。

もちろん答えを教えてくれるほど雪緒は甘くないため、コツを教えてもらったらそこからは自分で解く必要があるのだが、教え方自体が上手《うま》すぎて今まで解けなかったことが嘘《うそ》みたいに簡単にできてしまった。

友人びいきももちろんあるだろうけど、下手な教師よりも正直言って分かりやすい。

こうしてお互い課題を進めること数時間。

日が暮れ始めた頃に、俺たちはほぼ同時にシャーペンを置いて息を吐いた。

「だいぶ進んだんじゃないかな？　数学はもう終わったし、古文の問題もずいぶん解けたし」

「そうだな。ちょうどいいし、一息入れようぜ。コーヒー飲むか？」

「お願いしていい？」

「もちろん。エナジードリンクも飲み切っちまったしな」

あんまりカフェインを取りすぎるのもどうかと思うが、ここさえ乗り越えればあとは楽しいだけの夏休みが待っている。

糖分を欲しがる脳みそに従い、いつもはブラックで飲むところにミルクと砂糖を混ぜた。

雪緒の好みはミルク少なめ、砂糖少なめ。

覚えている通りに淹《い》れたコーヒーを持って、テーブルの上に置く。

「至れり尽くせりだね。ありがとう」

「小難しい課題について教えてもらってるし、お互い様だ。そうだ、今日はどうする？」

「どうするって？」

「泊まってくかって話。一晩集中したらもうほとんど終わるんじゃないか？」

「え、いいの……？」

「お前の家さえよければな。課題が怠《だる》くなったらゲームでもしようぜ」

「う、うん！」

雪緒はやけに嬉しそうに笑みを浮かべる。

ここ最近、学校では一緒にいたものの、放課後は玲のために時間を使っていたからほとんど共に過ごすことはなかった。

だから夏休みの初日くらいは、長く一緒にいたっていいだろう。

――それに。

「凛太郎、ちょっと顔色が悪くなったけど……大丈夫？」

「ん？　あ、ああ。問題ないぞ」

「そう？」

危ない危ない。顔に出てしまっていたか。

俺はスマホの画面をつけ、日付と曜日を確認する。

今日は金曜日、つまり明日は言うまでもなく土曜日ということだ。

『今度の土曜日、一緒にご飯に行きませんか？……水族館に乙咲《おとさき》さんと一緒にいた理由が聞きたいです』

そう、明日は二階堂との約束の日。

この憂鬱さを乗り越えるためには、雪緒との心安らぐ時間が必要になる。

（すまん、雪緒……）

勝手に清涼剤扱いしてしまうことを、心の中で謝罪した。

第二章 夏休みは波乱に満ちている。

セミの鳴き声が、ガンガンと耳に刺さる。

腹が立つくらいにギラついた太陽が、これでもかというほど俺の脳天を焼いていた。

まさしく夏。俺が一番嫌いな季節。

七分丈のズボンと白い半袖のTシャツを着た俺は、この夏休み初日というありがたい日にわざわざ照り返しの厳しいアスファルトの上を歩いていた。

本当なら今頃、クーラーの効いた部屋でダラダラと夏休みの宿題に取り組んでいた頃だというのに――――。

(ただ、行かないわけにもいかないよなぁ……)

うざったらしいくらいの晴天を見上げ、ため息を吐く。

現実逃避がてら、足を止めてスマホの画面を見た。

『駅の近くのファミレスで待っています』

そうメッセージを送ってきているのは、うちのクラス委員である二階堂梓《あずさ》だ。

俺は今日、彼女に対して国民的アイドルと水族館デートをしていたことについての説明をしなければならない。

何故《なぜ》わざわざそんなことを……と何度も思った。

しかしこの誘いを断って、万が一にも拡散なんてされたら最悪だ。

何だかんだ言って、俺は二階堂《にかいどう》がどんな人物なのかほとんど知らない。

今ある知識はすべて噂《うわさ》から仕入れたものであり、あの真面目な姿勢は俺のように猫を被っているだけなんてことも十分あり得る。

この件をネタにして、金銭などを要求してこないことを祈るしかない。

間もなくファミレスに到着した俺は、憂鬱な気持ちで扉を開けた。

店員に待ち合わせであることを伝え、店内を見渡す。

すると一番奥の席に、見覚えのある顔が座っていた。

「……お待たせ、二階堂さん」

「志藤《しどう》君……ごめんなさい、急に呼び出して」

近づいてきた俺に対し、二階堂は複雑そうな表情で頭を下げる。

ああ、そんな風にするなら黙っててくれればいいのに――。

「いや、大丈夫だよ……気になる気持ちは、分かるから」

なんて取り繕いながら、俺はドリンクバーの注文を済ませる。

適当にメロンソーダを注《つ》いで持ってきたならば、彼女が話を切り出すのを待った。

「ずっとね、ここ最近気になっていたの」

「うん……」

「水族館にいたの、あれ、乙咲さんだったよね？　一緒のTシャツを着て……もしかして、志藤君の彼女って乙咲さんなの？」

概《おおむ》ね予想通りの質問が飛んできた。

俺はストローを用いてメロンソーダを一口飲むと、今日何度目かのため息を吐く。

「……二階堂さん、それは君の勘違いだよ」

「え？」

二階堂さんからの最初のラインが届いてからの四日間、俺はひたすら彼女に対しての言い訳を考えていた。

そして俺はすでに、完璧に言いくるめるための台本を作り上げてきている。

「実はね、あの時俺は見栄《みえ》を張っちゃったんだ。二階堂さんたちは四人で楽しそうにしていただろ？　それが何だか羨ましくて、彼女がいるなんていう嘘をついてしまったんだよ」

「そ、そうだったんだ……でも、それなら何で乙咲さんと一緒にいたの？」

「――――ここから先は、君が絶対に言いふらさないって約束してくれないと話せない」

俺は深刻な雰囲気を醸し出しながら、二階堂の目をじっと見つめる。

空気感が変わったことに気づいたのか、彼女は気圧《けお》された様子で頷《うなず》いた。

「分かった。それなら教えるよ。――実は、俺と乙咲さんは少し遠い親戚同士なんだ」

「え!?」

「〝はとこ〟ってやつかな。同じ学校に入学できたってこともあって、たまに彼女の新曲作りを手伝ったりしてるんだよ。今回は恋愛の曲だったから、デートっぽいことをしてみようって話になってさ」

「……そ、そうだったんだ」

唖然《あぜん》とする二階堂の表情を見て、俺は勝ちを確信する。

これぞ俺の考えた、ギリギリ信じてもらえるであろう嘘。

はとこという絶妙に遠い親戚関係を持ち出すことで、まず下手に突っ込めないようにする。従妹《いとこ》程度の血縁なら調べればギリギリ情報が出てきてしまうかもしれないが、さすがにはとこだったら警察でもない限り調べ抜くことはできないだろう。

残りの高校生活くらいなら、これで騙《だま》し抜けるはずだ。

――いやまあ、無理があることくらいは分かっているけども。

「乙咲さんもアイドルだから彼氏とか作る訳にもいかないみたいでさ、それで親戚である俺が一肌脱ぐことになったんだよ。本当にたまにだけどね」

「そっか、恋人ってわけじゃないんだ……」

「うん、生まれてこのかた彼女なんてできたことないよ」

ははは、と乾いた笑い声をこぼす。

対する二階堂は、何故か安心したように胸を撫《な》で下ろしていた。

一体これは何に対する反応なんだ？

「じゃ、じゃあ！　志藤君って今好きな人って……いるの？」

「え？」

「何となく聞いてみたいなって……」

二階堂はもじもじしながら、突然そんなことを口走った。

さすがにここまであからさまだと分かってしまう。

こいつ、多分まだ俺に気がある。

というか、よく考えれば当然の話だ。

水族館で出会った時にはすでにどことなく意識されているような感覚があったが、俺に彼女がいると聞いて一度その感情は消えた。しかしその障害となる彼女が本当は存在しないと知れば、また話は変わってくる。

「好きな人か……」

玲《れい》との関係の話題から逸《そ》れたのは、俺としては僥倖《ぎょうこう》。このまま新たな話題の方へ乗っかろう。

というわけで、その好きな人についても考えてみる。

ふわりと浮かぶのは、あの綺麗《きれい》な金髪。

それによって湧き上がる一人の少女のイメージを、俺は頭を振って振り払った。

「いないよ。好意的に思っている人はたくさんいるけど、こう……恋人になりたいって目で見ている相手は今のところいないかな」

「そうなんだ……」

「二階堂さんは？　いつも一緒にいるあのメンバーの中に意中の相手がいたりしないの？」

「い、いないよ！　いないいいない！」

必死に首を振っているところを見るに、これはマジのやつだな。

柿原《かきはら》、泣いていいぞ。牛丼くらいなら奢《おご》ってやるから。特盛までなら許す。

「柿原君も堂本《どうもと》君もすごく頼りになるかっこいい男の子だけど、恋愛対象だって思ったことはないの。最高の友達だとは思うんだけど、そういう目では……見れないかなぁ」

「……へぇ、そういうものなんだ。もしかしたら、長く一緒にいすぎてそう思うのかもしれないね」

「あ、そうかも。その人のことを好きだと思っている時の、こう……ドキドキがないっていうか。どちらかと言えば、一緒にいると安心するって感じかな」

――マジで柿原が哀れになってきた。

脈が完全にないとは言い切れなくとも、友情の域からは当分逸脱しないように思える。

何とか彼のアシストをしてやりたいのだが……。

「じゃあ結局気になっている人はいないのかな……？」

「……ううん。今は、いる」

「そ、そうなんだ！　いいね！　青春だね！」

やめろ、瞳を潤ませながらこっちを見るな。

こういう時に心の底から自分が鈍感系主人公でなかったことが悔やまれる。

いや、もういっそのこと鈍感系を演じればいいんじゃないか？

よし、それだ。この際ずっと気づいていない振りをしよう。

「だ、誰だろうなー。ちょっと当ててみたいから、好みのタイプとか教えてくれないかな？」

「え!?　い、いいけど……」

これで好みのタイプを聞きだせれば、そのうち柿原にそれとなく伝えられるかもしれない。今は男として見られていなくとも、まだ未来が確定したわけじゃないはずだ。

ここから挽回《ばんかい》すれば、きっと柿原の恋も叶《かな》わないものじゃなくなる――と思う。

知らんけど。

「家庭的で、ふとした時に儚《はかな》げな表情を見せるような人……かな。前とか後ろをついて行くような関係じゃなくて、隣に立つことを許してくれるような人が好き」

「ほ……ほう」

想像以上に真面目な回答が来てしまい、少したじろぐ。

というか本当に二階堂が俺に好意を抱き始めているとして、果たして俺のどの部分が彼女のお眼鏡に適《かな》ったのだろう。

そこまで接点のない俺たちが絡んだ場面と言えば、本当に調理実習の時くらいなものだ。

確かに隣に立ったけども。

料理を一緒に作って家庭的な部分を見せたけども。

「そんな優しい顔するんだなぁ」って言われたけども。


――あれ、思い当たるなぁ。


「志藤君は……どんな子がタイプなの？」

「俺のタイプ？」

クールダウンのために飲んでいたメロンソーダをテーブルに置き、俺は二階堂から投げられた質問の答えを考える。

好きなタイプ、か。正直考えたこともなかった。

まず異性として好きになった人物が思いつかない。

幼稚園の頃によく遊んだ女の子くらいだろうか？　正直、小学校以前の記憶は曖昧だ。

小学校に上がってからは母親の一件があったから、異性と接すること自体がそんなに楽しいことだと思わなくなったし、人に恋愛感情を持たなくなったのも、ちょうどその頃だったはず。

「うーん……笑顔が可愛《かわい》い人、かな」

俺は何とか振り絞って、そう返す。

この前テレビを見ていた時に、俳優がその場しのぎで使っていた言葉をそのまま使ってみた。

実際はここに〝俺を養ってくれる人〟という項目が追加されるのだが、さすがにこれを言うには彼女との関係がまだ浅すぎる。

「ほ、他には!?」

「他に!?」

何だこいつ。一応答えたんだから引き下がってくれよ。

「えっと……じゃ、じゃあ……頼ってくれる人とか？　肝心な時に抱え込まないでくれたり、苦しい時は苦しいってちゃんと言える人じゃないと安心して付き合えない、かも？」

とっさに返した言葉にしては、思いのほか自分の本音が出た。

相手が苦しかったり辛《つら》い思いをしているのに、パートナーになった自分がそれに気づかずのうのうと生活する。そんな情けない話があるだろうか？

少なくとも俺は、相手が悩んでいることには相談に乗りたいし、助けられるもんなら助けたいと思う。

もちろん言いたくないことなのであれば言わなくてもいい。

ただ、俺に迷惑をかけると思って言わないのなら、それは止《や》めて欲しいという話だ。

「それって……結構難しい、よね？」

彼女の口から飛び出してきた意見に、俺は目を見開く。

ちょうど俺の考えと同じだったからだ。

「ああ、多分ね。俺自身人に頼るのはそんなに得意じゃないし」

利用できるものは全部利用する精神の方が合理的なのは理解しているが、人間そう簡単にそんな風にはなれないもんで。

「結局好みだけ話すっていうのは難しいんだろうな。好きな人が好みのタイプなんてのはあながちその場しのぎの言葉ってわけじゃないのかも」

「うん、そうかもね」

二階堂《にかいどう》は楽しそうに笑う。

これでどうやら普通の雑談に持っていけそうだ。窮地は脱したと思っていいだろう。

「まだご飯頼んでなかったよね？　今日は俺が奢るよ。——と言っても、安いファミレスだけど」

「え!?　そんなのいいよ！　むしろ私が奢るつもりで来たのに……」

「いいって。女の子の前でかっこつけたくなるのは、男の本能みたいなものだから」

「う、うーん……そう言ってくれるなら」

よし、これで二階堂に好印象を与えることができたなら、ファミレスの飯代くらい安いもんだ。

頼むからもう二度と玲との話を持ち出さないでくれよ。

ミ◯ノ風ドリアならおかわりしていいから。

それぞれメニューから注文した俺たちは、雑談に花を咲かせながら食事を楽しむ。

意外と二階堂は喋《しゃべ》ることが好きなようで、比較的彼女を中心に話が進んでいった。

友達、それこそ柿原や堂本、野木《のぎ》の話を楽しそうに語り、顔を綻ばせる。

本当に彼らのことを大事に思っているようだ。友達として。

そして時間は進み、やがて進路の話になった。

「あー、やっぱり二階堂さんの目指してる大学は偏差値高いんだなぁ」

「うん。せっかく偏差値の高い高校に入れたんだし、できるだけ上を目指したくて」

彼女の口から出た大学名は、どれも東京の中では難関校に選ばれるところばかりだった。

俺がその大学に入りたいと願っても、並大抵の努力では相手にもされないだろう。

二階堂は体育以外の成績がすこぶるいい。

テストの点数だけで言えば、毎回必ず学年五位以内には入っている。

体調次第で点数の変動が見られるらしいが、それでも五位以内に収まってくるのはさすがとしか言いようがない。

ちなみに毎回その上位争いに我が親友である稲葉《いなば》雪緒《ゆきお》も食い込んでいるのだが、これに関しては完全に余談である。

「すごいなぁ。目標が高いのってすごく憧れるよ」

「志藤《しどう》君は？　行きたい大学ってあるの？」

「うーん……今のところはあまりやりたいこととか思いつかないし、とりあえず選択肢が広がる学校に行って様子を見ようと思ってるよ。明確な夢があるわけでもないしね」

もちろん専業主夫になりたいという夢は伏せておく。

「そうなんだ……じゃあ志藤君とは高校でお別れなんだね……」

おい、そこで落ち込む必要はないだろう。

「そ、そんな、大袈裟《おおげさ》だよ。ほら、ラインでだってやり取りできるわけだし、またこういう風にご飯とかなら付き合えるからさ」

「また誘ってもいいの？」

「もちろん。あ、でも二階堂さんに彼氏ができたら遠慮させてね。その人に申し訳ないからさ」

その相手が柿原になるかもしれないのだから、この想《おも》いはなおさら強い。

あいつに喧嘩《けんか》を売るような真似《まね》はごめんだ。

「か、彼氏なんて……そう簡単にはできないと、思う……よ？」

「……そっかぁ」

だから瞳を潤ませてこっちを見ないでくれ――。

俺はため息を押し殺し、メロンソーダを飲むべくコップを手に取る。

しかしすでに中身はなくなっており、少し小さくなった氷が音を立てた。

「ちょっと飲み物取ってくるよ。二階堂さんの分もついでに取ってこようと思うけど、何か飲みたい物ある？」

俺がテーブルに置かれた二階堂の空になったコップを指摘すれば、彼女は驚いた様子を見せた後におずおずとそれを差し出してくる。

「じゃあ……ジンジャーエールを持ってきてもらっていいかな？」

「分かったよ」

コップを二つ持って、席を立つ。

一旦、場の空気をリセットしよう。

二階堂の好意の視線は露骨だ。

うっかり「もしかして二階堂さんの好きな人って俺だったりしてー！」とか言って茶化そうものなら、そのまま「……うん」とか言われて告白の流れになってしまいそうなほど、気持ちが熟成されているように感じる。

まあ実際はそこまで気持ちに整理がついているわけじゃないんだろうけど、それでも中々「その気持ちは勘違いだよ」とは誤魔化しづらい。

（ただ……本当に何か違う気がするんだよなぁ）

恋だの愛だの、まだよく分からない俺が言うのもあれかもしれないが、二階堂が俺に向けている想いを恋と言い切ってしまうのは、まだ早い気がする。

まあ、俺がそう思いたいだけなのかもしれない。

確証がないことを押し付けるのはあまりにも図々《ずうずう》しいから、この考えを表に出すことは憚《はばか》られた。

「はぁ……」

思わず大きなため息がこぼれた。

〝嬉《うれ》しい〟か〝嬉しくないか〟で問われれば、六対四くらいの割合でわずかに〝嬉しくない〃が勝つ。

何たってスクールカースト一位の男が好意を抱いている相手だ。

下手に勘違いされて、俺と柿原《かきはら》の仲がこじれても困る。

毎日行かなければならない学校が憂鬱になるような事態は避けたい。

とりあえず落ち着いて、柿原の話題をもっと出そう。

そして、普段からお前が一緒にいるあの男は周りが喉から手を出してでも彼氏にしたい男なんだぞ、とそれとなく伝えてみるしかない。

嘘《うそ》の要素はどこにもないし、何度も根気よく伝えれば気づいてくれる――――はず。

「よし」

気合を入れて、二人分の飲み物をそれぞれのコップに注《つ》ぐ。

こぼさないように気を付けながら席に戻ろうとすると、そちらの方向から何やら話し声が聞こえてきた。

「梓《あずさ》じゃないか！　一人でファミレスか？　誘ってくれればいいのに」

「そうだぜ！　誘ってくれたら男二人でむさ苦しい思いなんてしなくて済んだのによぉ」

席の曲がり角を曲がったところで、二階堂が座っている席の前に立つ二人の男の背中が目に入ってくる。

ああ――――考え得る限りで最悪の事態だ。

「ごめんね、でも今日は先約があったから誘えなかったの。柿原君と堂本《どうもと》君は勉強しに来たの？」

「いいや、ちょっと竜二《りゅうじ》に相談したいことがあって……それよりも、先約ってほのかと？　皿も二人分あるみたいだけど……」

「ううん。今飲み物を取りに行ってくれてて……あ！　戻ってきた！」

引き返すにも引き返せない状況。

俺はただその場に立ち尽くすことしかできなかった。

「っ……！　凛太郎《りんたろう》!?」

「や、やあ……祐介《ゆうすけ》君と堂本君。えっと……奇遇だね」

両手にコップを持ったまま、引きつった笑みを浮かべる。

神様——夏休み初日からこれって、嫌がらせですか？

序盤からこれは難易度が高すぎるので、よければ後半はいいことばっかりにしてくれませんか？　じゃないと割に合わないですよ、いやマジで。

「ど、どうして……凛太郎と梓が一緒にいるんだ……!?」

目に見えて狼狽《うろた》えている柿原を前にして、俺は脳みそをフルに動かしていた。

修羅場と言っても差し支えない状況。穏便に済ませるためには、言葉選びと言い方が大切になる。

「えっと、祐介君――――」

「恋愛相談をしてたの。志藤君にどうしても聞きたいことがあって」

思わず吹き出しそうになった。

ここで二階堂に余計なことを言われるのはまずい。

まずいが――――この状況においては、もしかしたらグッジョブなのかもしれない。

恋愛相談。そうだ、この話に乗っかろう。

「そうそう。この前俺に彼女がいるって話は二人にもしたでしょ？　だから俺のことを恋愛経験豊富だって勘違いした二階堂さんが相談したいって言ってきたんだよ」

「そ、そうなのか！　てっきり俺の知らない間に二人が凄《すご》く仲良くなっていたのかと思ったよ！　ははは！」

おい柿原、笑い声がかすれているぞ。無理して笑うな。

ともあれ、この反応ではイマイチ信用されきっていない雰囲気がある。

もう一押しと言ったところか。

「悪いけど、二人には相談内容は言えないからね。特に祐介君には！」

「お、俺!?」

察しろ、柿原祐介。そして勘違いしろ。

お前にだけは言えないということは、俺たちが相談していた内容はお前に関わることだと。

恋愛相談に自分の話題が出るということは、少なからず二階堂に意識されているということだと。

全部勘違いだけどッ！　頼むッ！

「あ、あー！　そういうことか！　なら仕方ないよな。うん。何も聞かないでおくよ」

――――よし。

柿原は何かに納得した様子で、腕を組んでうんうんと首を上下に振っている。

あまりにも思惑通りに行き過ぎて、思わず口角が吊《つ》り上がりそうになった。

そうならないように耐えながら、俺は席に近づく。

「……？　別に私は――」

「おぉっと！　二階堂さんはジンジャーエールだったよね！　はいどうぞ！」

「え？　あ、ありがとう」

余計なことを言われる前に、彼女の前にジンジャーエールを置く。

その場しのぎのことばかりして先が不安だが、とにかく今日さえ乗り切ればこいつらとはしばらく会わずに済むはずだ。

この夏で、柿原の恋にはどういう形であれ進展があるはず。

そうして状況が変われば、もう一々柿原のことを気にする必要はなくなるだろう。

そうなるまでは耐えるのだ、志藤凛太郎。

「なあ、何でもいいんだけどよぉ……腹が減ったからまずは何か食わねぇか？」

「そうだな。せっかくだし一緒に座ってもいいか？」

俺も二階堂《にかいどう》も、柿原の提案には首を縦に振る。

食事自体は終わってしまっているが、ここで退散するのも感じが悪い。

それに二階堂に余計なことを言われないようにするためにも、ここに残る必要があるだろう。

「助かるよ。昼時で結構人が入って来てたからさ」

柿原と堂本が席に座る。

感謝のつもりなのか、その際に柿原が俺に向けてこっそりウィンクを送ってきた。マジでいらないからやめてくれ。

しばらくして、彼らが頼んだメニューがテーブルに運ばれてくる。

堂本の前だけ山のように料理が置かれているのだが、本気でこれをすべて食べきるつもりなのだろうか？　下手すれば玲《れい》以上――――いや、バリバリ体育会系の大男と拮抗《きっこう》している彼女こそ驚かれるべきだな。うん。

「つーかよぉ、いつの間に志藤と祐介は名前で呼び合うような仲になったんだ？　ちょっと驚いたぜ」

「名前で呼び合うようになったのは、三者面談の時だな。ちょうど俺たちだけ二者面談でさ、待ってる間に話す時間があったんだよ」

柿原の説明に、俺は頷《うなず》く。

あの短時間で距離を詰められるところは、さすがスクールカースト一位と言わざるを得ない。

「ああ、そうだったのか。なら俺にも凛太郎って呼ばせてくれよ！　せっかくだし！」

「え？　あ、いいよ。別に」

何がせっかくなのかは分からないが、とりあえず許可する。

名前で呼び合うことになったとしても、それが必ずしも仲の良さに繋《つな》がるとは思わない。

だから呼び方くらいは好きにしたらいいと思う。

「そ、それなら私も凛太郎君って呼んでいい!?」

「女の子に呼ばれると彼女がちょっと不機嫌になるから、申し訳ないけど控えてくれたら嬉しいな」

「あ……そっか」

二階堂は、俺の必死な目を見て言いたいことを察してくれたようだ。

彼女から見たら、俺が彼らの前で見栄《みえ》を張りたいだけの男に映るだろう。

実際先ほど話したことに関しては口止めをしたわけだし、これに関しては不自然じゃないはずだ。

ふぅ、よかった。危うくとんでもない目で柿原から睨《にら》まれるところだったぜ。

俺よりも付き合いが長いはずなのに、どうして二階堂は柿原のことを苗字《みょうじ》呼びなのだろう。彼の方は名前で呼んでいるのに。

「……っと、俺はそろそろ帰るよ」

スマホで時間を確認して、俺は三人にそう告げる。

今日の夜は仕事帰りの玲に晩飯を作る予定だ。食材はまだあるが、何度も外に出ることを避けるためにいくつか買っておきたいものがある。

正直まだ時間的余裕はあるが、先に帰る罪悪感を消すためにはいい口実だった。それに普段から一緒にいるわけじゃない俺がいなくなれば、三人の話ももっと盛り上がるだろう。

「志藤《しどう》君、今日はありがとうね」

「いいよ。また何かあれば連絡して」

社交辞令がてら二階堂にそう言葉を残し、テーブルの上に二千円を置く。

柿原たちが来てややこしくなったが、俺が彼女に対して奢《おご》ると言った件は生きているものだと思っている。

二人分の注文でも二千円には至っていないが、余った分は柿原への謝罪代としておこう。

「これで俺と二階堂さんの分を払っといてくれ。お釣りはいらないから」

「え、いいのか？」

「いいよ。元々そういう話だったんだ。それに一度でいいから、お釣りはいらないって言ってみたかったんだよ」

なんて冗談で場を濁しながら、俺はレストランから外へ出た。

一人になった瞬間、ドッと疲れがのしかかってくる。

ひとまず、これで二階堂から俺と玲の関係が外に漏れる危険性は限りなく低くなっただろう。遠い親戚という関係で納得してくれていたようだし、卑怯《ひきょう》な話だが、彼女は俺に嫌われるような真似《まね》は当分の間しないはずだ。

「はぁ……っ」

ため息を吐きつつ、俺は電車に乗って自宅のある最寄駅へ移動した。

ここに越してよかった点の一つとして、駅からマンションの間に大型のスーパーがあるという点が挙げられる。加えて二十四時間営業。こんなに便利だともう離れられない。

よく使ってしまう玉ねぎや豚バラ肉、うどんなどを買い足し、それと一緒に調味料もいくつか補充しておく。

割と玲がケチャップ好きということもあり、それなりに消費が激しい。故に二つほど追加で購入し、一旦買い物は終了。

レジ袋をがさがさと揺らしながら、マンションの前まで戻る。

「ん……？」

家の鍵を開けようとした時、突然ポケットに入っていたスマホが通知音を鳴らす。

何事かと確認してみれば、柿原《かきはら》祐介の名前でラインが届いていた。

『今度の水曜日、俺たちとプールに行かないか？』

――――いや、本当に何事？

◇
◆
◇

家の中へと入った俺は、レジ袋の中身を冷蔵庫に移すなりしてからソファーに腰かけた。

そこからしばらく柿原とラインにてやり取りをした結果、かろうじて事情を呑《の》み込むことに成功する。

曰《いわ》く、俺がいなくなってから三人の中でプールに行こうという話が出たらしい。それであの場にはいなかった野木《のぎ》も誘うことになったのだが、どうせならさっきまで一緒だった俺のことも誘おうと二階堂から提案があったようだ。

余計なことを……と思わないでもないが、何かあったら連絡しろと言ってしまったのは俺だ。社交辞令だったとは言え、拒否するのは気が引ける。

それに――――うん、こんなメッセージが届いてしまうと、ちょっと断りにくい。

『俺、今回のプールで梓《あずさ》にもっとアピールしようと思うんだ。事情を知っているのは凜太《りんた》郎《ろう》だけだから、協力してもらえないか？』

うーん、嫌だ。本音を言うなら面倒くさいし、めちゃくちゃ嫌だ。

だけど二階堂と柿原が上手《うま》くいくことが、今の俺としては一番ありがたい形になる。

ここは協力してみるのもありなのかもしれない。

そもそも俺が二階堂に近づかない方がいい気もするが、逆に言えば幻滅させるチャンスでもある。

俺の株を下げて、柿原の株を上げるような画期的な手段は何も思いつかないが、やるだけやってみる価値はあるはずだ。

それにまあ――恥ずかしい話、俺は夏休みに大勢で遊ぶなんて経験をしたことがなかった。だからほんのわずかながら憧れの感情もありはする。

高校生活で一度くらいは、乗り気になってみてもいいだろう。

『分かった、行くよ』

そうメッセージを打ち込み、送信する。

するとすぐに俺の参加を喜ぶメッセージが届き、詳しい時間や待ち合わせ場所についての情報が送られてきた。

本当に、柿原という男はいい奴《やつ》なのだ。二階堂に対してだけは空回ってしまうだけで……。


「ただいま」

「おう、おかえり」

しばらくして、玲がリビングへ入ってきた。

どことなく疲れた様子の彼女は、汗で張り付いてしまった髪の毛を鬱陶しそうに退《ど》かしている。

「ずいぶんと汗をかいたみたいだな。今からソーメン茹《ゆ》でるから、シャワー浴びてきていいぞ」

「ん……ありがとう。今日は新曲のダンスレッスンだったから、かなり疲れた」

彼女はリビングから廊下へと引き返し、風呂場へと向かう。

俺は鍋で湯を沸かしつつ、ソーメンの準備を始めた。

とは言えやることは少ない。

薬味としてネギを切ったり、凍らせた柚子《ゆず》をすりおろしてみたり。

めんつゆにごま油を少し垂らしてもまた風味が変わるため、それもちょっと用意してみたりと、その程度だ。

ソーメン自体に工夫は特にないが、こうしてつゆの方でカスタマイズできるのは個人的には好きだったりする。

(……あ、タオル置いてたっけ)

ソーメンが茹で上がったところで、ふと俺はそんなことを思った。

確かまだ洗面所に替えのバスタオルを置いていなかった気がする。

大きな皿にソーメンを盛り付けるところまで済ませたら、俺は乾きたてのバスタオルを持って洗面所へ向かった。

シャワーの音はまだ聞こえてきている。

ここで浴び終えた玲とばったり鉢合わせなんていうラッキースケベは、きっちりと回避した。

しかし、何事にも誤算と言うものはあるもんで――――。

「げっ……」

思わずそんな言葉が漏れた。

雑に脱ぎ散らかされた玲の衣服の隙間から、白色の生地が見えている。

あれは……おそらく下着だ。

こうはっきり言っては何だが、俺は彼女の下着くらいなら見たことがある。

忙しい玲に代わり、洗濯物も俺が担当しているのだ。そりゃ見ますとも。

ただそういう時は中身が見えにくい網などに入れてもらってから洗っているため、はっきりと目にしたわけではなかった。

（く……！　くそっ！）

無駄に熱くなった頬を冷やすため、頭を振る。

忘れろ、すべて忘れろ。

そう何度も言い聞かせながら、服の近くにバスタオルを置いた。

そして彼女の着ていた衣服をそっとずらし、下着を隠す。

これで俺が下着を見たことには気づかれない――――はずだ。

「……マジでアホくさ」

冷静に考えれば、玲《れい》は全然気にしない可能性が高い。

慌てているのが俺だけなのだとしたら、それはそれで少し空《むな》しかった。

ここ最近、多分俺はどことなく様子がおかしい。

だけどそれを自覚しないように過ごしていた。

自覚してしまえば、何かが変わってしまうような気がして――――。

「お風呂先にいただいた。ありがとう」

「おう。もう飯できてるから、席に座ってくれ」

「うん、分かった」

風呂から上がった玲を席に促し、テーブルの上にソーメンの皿とめんつゆの入った器を置く。

俺と彼女は手を合わせた後、食事に手を付け始めた。

「ん、美味《おい》しい」

「そりゃどうも。割と手抜きだけどな……」

「そんなことない。色々工夫できるものが置いてあって、これはこれで楽しい」

玲はそう言いながら、つゆの中にネギを入れる。

そして三滴ほどラー油を垂らし、再びソーメンをすすった。

「つゆ交換するのって大丈夫？」

「問題ないぞ。リセットしたければ作り直してくる」

「分かった」

ラー油やごま油を垂らすのも確かに美味《うま》いが、別の味に変えたいと思った時に取り返しがつかないという部分がネックになってしまう。

それならそれで〝プレーン〟を用意すればいい。

少し勿体《もったい》ないとも思ってしまうが、衛生的にも他に使い道がなくなってしまうため仕方ないと割り切る。

「凛太郎、明日はオフなんだけど、買い物に行きたい。付き合ってくれる？」

「待て待て……このくだりが何度目になるかは分からないが、一緒に出歩くのはまずくないか？」

「大丈夫。出歩きやすくするために、ウィッグを用意した」

そう言いながら、玲は自分の鞄《かばん》から毛の塊を取り出す。

流れるような黒髪を模したウィッグだ。玲の金髪とは正反対である。

「これを被《かぶ》れば、私だとは分からなくなると思う。髪の毛の印象って結構大きいから」

「まあ、確かに？」

自分の頭の上にウィッグを載せた彼女は、確かに印象がガラッと変わった。

地毛をまとめていないため所々から金髪がはみ出してしまっているが、それさえなくなればもはや別人と言ってしまっていいだろう。

「……分かったよ。それなら付き合う」

「ありがとう。夏用の服をもう何着か買っておきたかったの」

「あ、そういうことなら、ついでに俺も買い物していいか？」

「構わない。でも何買うの？」

「水着」

「え……？」

よくよく考えたが、俺は学校用の水着しか持っていなかった。

最悪それを持っていけばいいが、それではあまりにもダサい。

ここは身銭を切ってでも、一着は水着を持っておくべきだろう。

「近いうちにプールに行く予定ができたんだ。そのために買っておこうと思って……って、どうした？」

それまで比較的饒舌《じょうぜつ》に喋《しゃべ》っていたはずの玲が、突然黙り込んだ。

心配になって声をかけてみれば、彼女はようやく口を開く。

「────誰と？」

「え？」

「誰と？」

え、玲さんもしかして何か怒っていらっしゃる？

いつになく圧の強い彼女の言葉に、思わずたじろぐ。

そして俺は、何故《なぜ》か敬語で事の顚末《てんまつ》を説明するのであった。

もちろん、柿原の事情などは伏せたけども。

第三章
一日彼氏

暑い。

ただ一言、その言葉を頭に浮かべながら、俺は相変わらず真っ青な空を見上げていた。

俺は今、バス停に置かれたベンチに座っている。

そして隣には、黒髪の美少女が座っていた。

「ん？　何か顔についてる？」

「いや……何でもねぇ」

玲はきょとんとした顔で俺を見ている。

そんな彼女から目をそらし、一つ息を吐《つ》いた。

玲は今、ウィッグと黒色のカラコンをつけている。

前にウィッグだけ見せてもらった時とは違い、今日の彼女は金髪がまったく見えないようにセットしてあった。

故にこうして近くで見たとしても、彼女が乙咲《おとさき》玲だとはそうそう気づかれないだろう。

その新鮮さのせいでまさか見惚《みと》れる羽目になるとは思わなかったが……。

「凛太郎《りんたろう》、バス来た」

「ん？　ああ……」

目の前に止まったバスに乗り込んだ俺たちは、隣同士で空いている席に座った。

何故バスに乗ったか、それは駅から少し離れた場所にあるショッピングモールへと向かうためである。

洋服やら水着を買うだけなら駅前でも十分だが、一店舗でそれらすべてを完結させるのは難しい。そうなると結局店を梯子《はしご》することになるのだが、この暑さの中で歩き回るのは自殺行為だ。

そして二人で相談した結果、あらゆる店を取り揃《そろ》えているショッピングモールが最適という結論に至ったのである。

「休日だからめちゃくちゃ人がいそうだな。あんまり顔を見られないようにしろよ」

「分かってる。でも今日はよっぽどのことがない限り大丈夫だと思う」

「まあなぁ……」

確かに今日の彼女をぱっと見で乙咲玲だと気づける人間がいたとしたら、それは同じミルスタの仲間であるミアとカノンだけだと思う。

これなら周りにびくびくしながら歩かなくて済みそうだ――――。

ショッピングモール前でバスが止まり、俺たちは人の流れに従って駐車場の中の歩道を歩いた。

この辺りではもっとも大きい商業施設であるここには、夏休み序盤と言うこともあり学生や子供連れの家族が多く訪れる。駐車場はほとんど埋まっており、空くのを待っている車がうろうろしている姿が印象的だった。

「そんじゃどこから行く？　お前の買い物優先でいいけど」

「じゃあ一階の服屋から回っていきたい」

「あいよ」

少しの間玲に先導させ、俺は後からついていく。

服にそこまで頓着がない俺は、いつもできるだけ安い店でできるだけ派手じゃないものを選んで買う。

元々節約をしながら生きていた人間だから、あんまりブランドやら何やらに挑戦したいと思えないのだ。

対する玲は、きっとそれなりに価値があるものを身に着けていることだろう。

一応このショッピングモールにもブランド物の店は入っているはずだが――――。

「って、ここユ〇クロじゃん」

「そうだけど、何か変？」

「いや、ちょっと意外だなって……」

まず最初に玲が選んだ店は、庶民の味方のユ〇クロだった。

あまりにも慣れ親しんだ場所すぎて、正直拍子抜けである。

「肌着とかはここで買う。安くて可愛《かわい》い物もいっぱいあるから」

「……何か安心したわ」

二人して店に入り、俺は玲の後ろから彼女の買い物を見守る。

宣言通りに肌着を数枚購入した玲は、そのまま店を出た。

「次はあっち」

「はいはい」

女子の買い物は長いとはよく聞いたものだが、彼女もこれに関しては例外ではなかったようだ。

一店舗ずつ入ってみれば、ざっと服を見て気になったものを試着してみる。

そうしてしっくりきた物は購入し、気に入るものがなかった場合は何も買わずに出ることもあった。

女子の買い物の話を聞くたびに、面倒くさそうと何度も思ったもんだ。

しかし意外や意外。玲とのこの時間はまったく退屈だとは思わない。

それどころか、色んな服に着替える彼女の姿を見ることができるのは役得とすら思える。

「凛太郎、これ似合う？」

試着室から出てきた玲《れい》は、白いワンピースを身にまとっていた。

目の前で一回転すれば、裾がふわりと浮く。

よく似合っていると思ったが、それは玲が今の髪型だからかもしれない。

元の彼女を思い浮かべながら考えると――。

「んー……一つ前のやつの方が俺は好きだったかもな」

一つ前に彼女が見せてくれた服は、とてもカジュアルなものだった。

黒いノースリーブの上から肩の出る薄いTシャツを着て、下はジーパン生地のホットパンツ。

艶《なま》めかしい足が見えていた分、俺の単純な目には魅力的に映った。

ちなみにだが、俺はホットパンツフェチである。

――興味ねぇか。

「そう。じゃあそれを買う」

「いいのかよ。俺の意見一つに左右されちまって」

「いいの。凛太郎に似合うって言ってもらった物が一番いい」

思わず悶《もだ》えそうになる心を、平静を装えるように必死に保つ。

勘違いしそうなことばかり言いやがって……これじゃ身が持たねぇよ。

俺が好きだと言った方の服を購入してきた玲は、再び俺の横に立つ。

「買ってきた。じゃあ行こう」

「待て待て……そろそろ持つよ」

「え？」

玲の持ついくつかの荷物を、俺は横から奪い取る。

布とは言え、数が増えればそれなりの重さになるもんだ。

両手に確かな重みを感じながら、俺は前を向く。

「ほら、次行くぞ」

「……うんっ」

何だよ嬉《うれ》しそうにしやがって。ういやつめ。


結局、玲の買い物は一時間以上続いた。

さすがに途中から俺の腕だけでは手が足りなくなり、玲の腕も片腕が塞がる状態になってしまっている。

ただ、彼女は満足そうだ。

それはそうと、玲が支払いを済ませている間に他の服の値札を見てみた。

……俺のような男は絶対に買わないような値段が書いてあったのは、言うまでもない。

「私の買い物は終わった。次は凛太郎の番」

「だな。つっても適当な水着を一着買うだけなんだが……」

夏だからか、いくつかの店で水着のセールが行われていた。

その手近なところで、適当な安いやつを一着買えればそれでいい。

「なら、私が選んでもいい？」

「いいけど……ブーメランパンツとかは駄目だぞ」

「大丈夫。それは二人だけのところで見せてもらう。外には穿《は》いて行かせない」

「お前だけにも見せねぇけどな？」

自分がブーメランパンツを穿いている姿を想像して、吐き気がこみ上げてくる。

うん、絶対見せねぇ。

「普通にかっこいいやつを選んでくれよ。……できるだけ安いやつで」

「うーん……分かった」

「何で残念そうなんだよ」

よく分からねぇ女だ。

まあ選んでくれると言うなら、素直にお言葉に甘えよう。

水着売り場へ移動し、並んで置かれている男物の水着を見比べていく。

――どれでもいいなぁ。

「凛太郎、これはどう？」

「ん？」

玲が持ってきたのは、青い生地の水着だった。

腰で結ぶ紐《ひも》の色は白く、いいアクセントになっている。

派手さはないいし、俺好みだ。

「いいな、これ。せっかくだしこいつにするよ」

「ん。じゃあ買ってくる」

「おいおい待て待て！　何でお前が買うんだよ！」

「え？　だって私が選んだから……」

「なら今までのお前の服のいくつかは俺が買わなきゃいけなくなるだろ!?　俺の物は俺が買うんだよ……」

玲は少し不満そうにしているが、ここは譲れない。

専業主夫になったら結局奥さんに全部買ってもらうことになるのだが、それはそれ、これはこれ。

「ほら、よこせ」

彼女から水着を奪い取り、レジへと持っていく。

値段はまあめちゃくちゃ安いというわけではなかったが、高いってわけでもない。

ちゃちゃっと金を払い、俺は玲の下へと戻る。

すると、今度は女物の水着の前に立つ彼女の姿があった。

「……何してんだ？」

「私の分の水着を見てた」

「必要か？　今度の撮影ではスタッフが用意してくれるんだろ？」

「凛太郎と一緒にお風呂に入って、その時に見せるため」

んー？　こいつは何を言ってるんだ？

「なあ、何言ってんだ？」

頭の中で思い浮かべていた言葉がそのまま口から飛び出した。

玲は目の前に並ぶ水着を品定めしながら、何でもないことのように告げる。

「せっかく凛太郎が水着を買ったのなら、それを最初に見るのは私がいいから」

「うーん……そう言われてもよく分からないんだが」

「その水着、今度プールに行った時に二階堂《にかいどう》さんに見せるんでしょ？」

「え？　あ、ああ……まあそうなるかな？」

別に二階堂にだけ見せるというわけではないが。

「それはちょっとずるい。だから先に私が凛太郎の水着姿を見ないと割に合わない」

「えっと、じゃあ風呂に入る理由は？」

「水着と言えば、水場だから」

んー？　こいつは何を言っているんだ？　（二回目）

確かに水着を着るようなシチュエーションは水場以外ではほとんどないだろうけど、今はそういうことを聞いているわけじゃない。

混乱する俺を無視して適当な水着を二着手に取った玲は、それぞれを自分の体の前に持っていく。

「凛太郎《りんたろう》、どっちがいい？」

「え、ええ……？」

困惑しながら、二つの水着を見比べる。

片方は水色のビキニ。

さらに詳しく言うのであれば、胸部の布を首の前でクロスさせてうなじの部分で固定する〝クロス・ホルター・ビキニ〟と呼ばれる水着だ。

優月《ゆづき》先生の仕事場にあった資料にそう書いてあったから、おそらく間違いない。

そしてもう片方は、極端に布面積の少ない〝マイクロビキニ〟。

もはやジョークグッズとしか思えないような水着がなぜこの健全なショッピングモールに売っているのかは分からないが、少なくともこの場における選択肢は一つしかなかった。

「えっと……その水色のビキニ、だな」

「ん。じゃあこっちを買う」

これ以上何か口を挟む前に、玲は購入を済ませてきてしまった。

俺は状況が上手《うま》く呑《の》み込めないまま、そんな彼女を迎える。

「ちょっとだけ疲れた。帰る前にタピオカミルクティー飲みたい」

「あ、うん。分かった」

「どうしたの？」

「いや……久しぶりにお前と話が噛《か》み合わねぇなって思って」

とにかく分かったことと言えば、玲が俺の水着姿を真っ先に見るために、一緒に水着を着て、一緒に風呂に入りたいらしい。

いや、整理してみても分からねぇな。

とりあえず今は大人しく玲についていこう。どうせ冗談なんだろうし。

買い込んだ洋服たちを揺らしながら、俺たちはショッピングモール内のタピオカ屋の方へ向かう。

ブームはだいぶ落ち着いたとはいえ、やはり学生が解き放たれる休日となるとだいぶ列ができていた。

「タピオカって、確かでんぷんなんだっけ。どんな食感なんだ？」

「食べたことないの？」

「ああ。実はブームに乗り遅れてな。一度も行く機会がなかったから、今日が初めてなんだよ」

「なるほど。うーんと……もちもち？」

「お前の語彙力のなさがよく分かったよ」

自分たちの番が来て、俺は冒険もせずに一番売れているタピオカミルクティーを注文する。

対する玲は抹茶ミルクを選んでいた。それはそれで美味《うま》そうだ。

「――あー、なるほどね」

口に含んだタピオカを咀嚼《そしゃく》し、飲み込んだ後にそう言葉をこぼす。

確かにもちもちという言葉が一番合う。俺の歯応えだけで言うのであれば、食感はこんにゃくに近い。

ただこれは腹に溜《た》まりそうだなぁ……。

味は美味《おい》しいけども。

「おいひぃ」

「……」

もっきゅもっきゅという効果音が聞こえてきそうなほどに、玲は頬を膨らませてタピオカを咀嚼していた。

すごい面《つら》だ。到底国民的スーパーアイドルとは思えない。

「凜太郎、そっちのも飲みたい。交換しよ？」

「お、おい……それは――」

玲《れい》は俺の方へ身を乗り出すと、強引にストローを咥《くわ》えて中身を吸う。

底に溜まっていたタピオカのうちのいくつかが、ストローを通って彼女の口の中に入っていった。

こいつ、ここ最近積極的すぎないか？

まあこの程度の間接キスで動揺しているだけ、俺の恋愛経験もたかが知れている。

彼女からすれば、このくらいは普通の範疇《はんちゅう》なのかもしれない。

「ん……美味しい」

「……そうかい」

「じゃあ、私のもあげる」

そう言って、玲は飲み口を俺に向けてきた。

彼女の目が期待に染まっている……。

こいつ、有無を言わせない気だ。

「――わ、分かったよ」

俺は今まで彼女が飲んでいたストローに口をつけ、中身を吸う。

事件はその時に起きた。

妙に緊張していたせいか、思いのほか勢いよく吸ってしまった俺の口の中に大量のタピオカが飛び込んでくる。

かろうじて勢いに任せて飲み込めたものの、液体の方はそうもいかず、気管の中に遠慮なく流れ込んできた。

むせると同時に、口元からぽたぽたと抹茶ミルクが垂れていく。

染みが自分の衣服に広がるのを見て、やっちまったという感情がこみ上げてきた。

「大丈夫？」

「げほっ……あ、ああ。問題ねぇよ」

「でも……」

「ちょっとトイレで拭いてくる。ここで待っててくれよ」

申し訳ない顔をしている玲をその場に残し、俺は近場のトイレを探す。

ちょっと遠いな。まあ仕方ない。

しばらく歩いてようやく見つけた男子トイレに入った俺は、個室からトイレットペーパーを少し拝借し、蛇口の前に立つ。

乾いたトイレットペーパーを服の裏に当て、外から湿らせたトイレットペーパーで軽く叩《たた》く。すぐに洗濯ができない外出先での応急処置といったら、これくらいしかできない。

「ふぅ……少しは落ちたか」

ある程度目立たなくなったことを確認して、俺は改めてさっきの出来事を思い出す。

誰が何と言おうと、間接キス――――だったよな。

自覚すれば自覚するほど、頬が熱くなっていく。

「まだまだガキだな……俺も」

早く大人になりたいと常に願っているはずなのに、こんなこと一つで取り乱す。俺もまだまだ成長できていない証拠だ。

（あいつと長く過ごしていれば……この感情にも慣れるのか？）

鏡に映るただの高校生でしかない志藤《しどう》凛太郎に問いかける。

当然答えは返ってこない。

そんな自分の行いが馬鹿らしくなり、鼻で笑い飛ばす。

「立場はちゃんと弁《わきま》えないとな」

ハンカチで手を拭き、トイレから出る。

いつかこの関係が終わりを迎えた時、辛《つら》くなってしまわないよう心構えだけはしておくつもりだ。

浮かれて我を忘れるようなことだけはしたくない。

玲を待たせている場所へは少し距離がある。

俺は彼女を一人にしておく不安から、少し駆け足で戻ることにした。

すると――――。

「ねぇ君、結構可愛《かわい》いじゃん。一人？」

ああ、なんてテンプレートな。

玲の前には、二人の男が立っていた。

髪を染めていたりアクセサリーをたくさんつけていたり、巷《ちまた》で言うチャラチャラした男たち。二人はベンチに座る玲を上から見下ろす形で、ニヤニヤと下衆《げす》な笑みを浮かべている。

どう見てもナンパというやつだ。

まあ、気持ちは分からんでもない。玲はどの角度から見ても美少女だし、一人でいたらワンチャンを狙って声をかけたくもなる。

頭が夏に侵されきったああいう連中は、自制というものを知らない。

普通なら迷惑を考えて声をかけないところを、奴《やつ》らは一種の度胸試しのような感覚で突き進んでいく。

だからこそ質《たち》が悪い。

「一人じゃない。カップを二つ持っているのが証拠」

「相手の子って女の子？　それなら二対二でちょうどいいじゃぁん！　一緒にお茶しよう

よォ。俺ら大学生の割に金持ってるし、全部奢《おご》ってあげるよん」

もはや玲の言葉を遮るようにして喋《しゃべ》り、何としても主導権を渡さないつもりらしい。

そりゃそうだ。下手に長引かせれば、警察やら警備員やらを呼ばれてしまう可能性がある。成功するにしても失敗するにしても、短期決戦で済ませるつもりなのだ。

優月先生の仕事場からの帰り道、夜の街であいうキャッチの男を見たことがある。もしかしたら本当にそういうところでバイトしているのかもしれないな。

――――なんて、冷静に分析している場合じゃないか。

何と言って切り抜けたものかと頭を悩ませながら、とりあえず玲の下に近寄るべく歩き出す。

「女の子じゃない。そうじゃなくても、あなたたちと一緒にいる時間はない」

「えー、もしかして彼氏ぃ？」

「っ……」

そんな言葉が聞こえてきて、俺の足は一瞬止まってしまう。

玲は……何て答えるんだろうか。

「……うん、そう。彼氏を待ってる」

にやけてしまいそうなほどの高揚感が、じわりじわりと心の奥底から込み上げてきた。

ただのその場しのぎの発言のはずなのに、この破壊力。

これは駄目だ。癖になる。

そうなってしまう前に、俺は頭を振ってその感情を振り払った。

さて、あの乙咲《おとさき》玲にここまで言わせてしまったんだ。役得だとか思う前に、まずは助け出そう。

「……うちの彼女に何か用ですか？」

なんて、少しかっこつけ過ぎたかもしれない。

窮地と言ってもいいこんな状況で、俺の顔は照れ臭さで少しだけ歪《ゆが》んでいた。

「あー……チッ、めんどくさ」

「行こうぜ」

「あーあ、〝レイ〟に似てていいなぁって思ったのに」

あっぶねぇ。ちゃんと知能だけはある奴らで助かった。

長引かせるだけ無駄だと判断してくれたのだろう。本当に恨めしそうに俺を睨《にら》みつけながら、二人組の男は俺たちの前から去っていく。

「ふぅ。問題は……なさそうだな」

「凛《りん》太《た》郎《ろう》、ありがとう。助かった」

「むしろ一人にして悪かったたな。ちょっと染みがしつこくて」

「それも元はと言えば私のせいだから……」

「じゃあおあいこってことで、ここはひとつ」

俺は彼女の手から自分の分のミルクティーを受け取り、笑みを浮かべる。

そんな俺を見て、彼女も安心したように微笑《ほほえ》んだ。


タピオカを飲み終えた俺たちは、軽い昼食を済ませた後にバスへと乗り込んだ。

バスに揺られながら、会話もなく外の景色に目を向ける。

俺と玲が二人でいる時は、基本このスタイルだ。会話はなく、各々が好きなことをやる。

玲はスマホにイヤホンをつないで、音楽を聴いていた。

画面には知らないミルスタの曲名が表示されており、おそらくは現在彼女らが練習中の新曲だと思われる。

時間ができればすぐに練習につなげるその姿勢は、俺にとっては好感の持てる真面目さだった。

よくデート中にスマホをいじることに関しての賛否両論の意見を聞くが、俺としては一緒にいる時に別のことをされようが一向に構わない。

自分といることが退屈なのだろうかと勘繰ってしまう気持ちは大いに分かるが、こと玲に関してはそれがなかった。

俺も玲も、こういう時間が好きなのである。

相手が自分の世界の一部になっているような、気を遣う必要もないような距離感。これを感じ取れる相手は本当に貴重だ。

その距離感にいられるのは、彼女を除けば稲葉《いなば》雪緒《ゆきお》が該当する。

そういう連中を大切にしていきたいと、俺は強く思っていた。

「……凛太郎」

「ん？」

突然名前を呼ばれ、彼女の方に顔を向ける。

玲はイヤホンを外し、俺の目をじっと見ていた。

「私に彼氏って言われたこと、嫌じゃない？」

「何だよ急に」

「ちょっと……気になって」

玲はどこか浮かない顔をして、目をそらした。

気になってしまう気持ちはよく分かる。俺も水族館へ行った日に、玲のことを嘘《うそ》であっても彼女と表現した時は同じ顔をしていたと思う。

だからこそ、俺はあの時玲が返してくれた言葉を、そのまま借りるのだ。

「別にいいよ。嫌じゃなかったから」

「あ……」

してやったりという意味を込めてニッと笑えば、玲《れい》も安心したように目尻を細める。

「それに、あの状況ならあれが一番の正解だったと思う。ああいう連中に対してはダラダラ引きずるような言葉は駄目だ。ワンチャンを狙ってもっとぐいぐい来るからな。寄せ付けないように、はっきりした言葉をぶつけるのが最適だよ」

「うん。次からもちゃんとはっきり言おうと思う」

「賢明だな。つーか、アイドルなのにナンパとかされんのか？　芸能人に声かけるのって中々無謀な気がするんだけど」

「意外と声はかけられる。〝レイ〟だって気づかないで声をかけてくる人もいれば、気づいたうえで声をかけてくる人もいる。多分、まだ高校生だから甘く見られているんだと思う」

未成年であるうちは大人の言うことを聞かなければならないのは仕方ないわけで、そういう部分につけ入ろうとする奴がまあ多いのだろう。

よく知ろうとしなければ、彼女たちは雲の上のただの成功者。しかしその実態は、様々な努力や困難の上に立つ並外れた苦労人だ。

だからこそ俺は尊敬はするものの、憧れはしない。

「ひとえに美人で可愛いってのも案外大変なんだな」

「凛太郎に美人で可愛いって言われるの、嬉《うれ》しい」

「そうかい。一回百円でいくらでも言ってやるよ」

「十万円払ったら何回言ってもらえる？」

「……千回？」

「じゃあそれで」

「嘘だよ。金なんているか」

「じゃあタダで言ってもらえるってこと？」

「心の底からそう思った時だけな」

「じゃあ頑張る」

「じゃあそうしてくれ」

なんて言いながら、結局いざ言うべき時が来たら照れ臭くなるんだろうな。でも宣言してしまった以上は、俺も腹を括《くく》るべきだろう。

乙咲玲の望みを叶《かな》えることが、今の俺の役目なのだから。

「ん……少し、眠くなってきた」

「え？」

俺の肩に、遠慮がちな重みが加わる。

間近に迫った彼女の顔を見て、俺は思わず息を呑《の》んだ。

どこまでいっても美少女だな、こいつ。顔の造形だけで、美術品以上の価値がありそうだ。

「カノンから聞いた。凜太郎の肩は五分までなら借りられるって」

「何言ってんだよあいつ……」

カノンの弱みを聞いた時の話。俺は確かに彼女に対して五分間肩を貸した。

別に隠すようなことでもないが、何故《なぜ》か少しだけ気まずい。

「ねぇ、凜太郎」

「何だよ」

「私には、何分貸してくれる？」

「……眠いんだろ？　なら駅につくまでは貸しててやるよ。ちょうどあと二十分くらいだ」

「そっか……今は……それでいいや」

玲の声は尻すぼみに小さくなり、やがて寝息に変わった。

俺に寄り添って心地よさそうに眠る彼女を見て、俺は内心頭を抱える。

（だから……無防備すぎなんだって）

触れようと思えば触れられてしまう位置に、あの乙咲玲がいる。

シミもニキビも何一つない美しい肌に、長い睫毛《まつげ》。顔の造形は恐ろしく整っており、欠点が見当たらない。スタイルの良さも日本人離れしていて、胸元が開いている服を着ているわけでもないのに薄《う》っすらと谷間が覗《のぞ》いている。これだけ大きければ、そうなるのもまあ仕方がないのだろう。きっと。

ふとバスが止まり、バス停から新しい乗客が乗り込んでくる。

空いている席がなく立ちっぱなしとなったその男性は、おそらく無意識に眠っている玲の胸元へ視線を送った。

その途端、心の底から燃えるような嫌悪感がこみ上げる。

俺はズボンのポケットからハンカチを取り出し、玲の胸元にかけた。

さっき服の染みを取った後に手を拭いた物だが、それを気にしている余裕はない。

こうして胸元を見ることができなくなった男性は、どことなく不満げに、そしてそれを悟られないようにしながら目を背けた。

彼を責める気はない。俺だって一度は男の本能に従って見てしまっているのだ。少なくとも俺には責める権利なんてない。

ただ、そう思いつつも自由にさせるわけには行かなかった。

「こういう時くらい独り占めさせろよな……」

ぼそりと、男性に聞こえないようにつぶやく。

――――ぴくりと、玲が動いたような気がした。

それに気づかない振りをして、再び窓の外へ視線を向ける。

今日の空は、何故だかはっきりと夏だと分かる群青色だった。

◇◆◇

「ほら、玲。起きろ」

「ん……むう」

肩に乗っている玲の頭を、肩ごと強めに揺らす。

まだ眠たげな彼女は周囲をきょろきょろと見回した後、俺の顔を見た。

「……どこ？」

「バスの中だよ。ほら、もう駅につくからシャキっとしろ」

「ん……あ、そうだった」

ここらで意識を覚醒させた玲は、状況を飲み込んで荷物を持つ。

俺も同じように服が詰まった紙袋を両手に持って、バスから降りる準備をした。

降車ボタンを押してしばらく。駅前のバス停についた俺たちは、いそいそとバスを降りた。

「駅前まで戻ってきたけど、他に買い物する？」

「いや、これ以上は持てないし素直に帰ろうぜ。食材もできるだけ外出せずに済むように買い込んであるからな」

「ん、この暑さに対して、それはとても賢明」

俺たちは熱されたアスファルトに苦しみながら、マンションまで何とか帰還する。

まずは荷物を置くために、玲の部屋に入らなければならない。

部屋の鍵を開けた玲に付き添い、玄関から中へと入る。

言うまでもなく、玲の部屋と俺の部屋の造りは同じだ。

それに掃除のために何度か訪れているから、新鮮味などは一ミリたりとも存在しない。

「最近あんまり帰ってきてないから、まだ綺麗《きれい》だな」

「うん。汚す余地がない」

部屋の風景は、前回掃除した時からほとんど変化していなかった。

ペットボトルやジュースの缶がいくつかテーブルの上に置いてあるくらいで、散らかっているという印象は一切ない。

定期的に俺が掃除しているのだから、まあこれも当然だ。

実は壊滅的に一人暮らしが向いていない彼女を放置すれば、ゴミだらけになることは目に見えている。

「服はどこに置いておく?」

「あ、できればタンスに入れてほしい」

「はいよ」

俺は寝室の方に置いてある服のためのタンスを開け、丁寧に衣類を詰めていく。もちろん値札は取りつつだ。

「ほい、終わったぞ」

「ありがとう、そこまでしてもらって」

「別にいいって。何たって今日はお前の彼氏だからな。彼女のお願いは聞いてやらねぇと」

なんてな――――。

そんな冗談をこぼすと、彼女は思いのほか考え込むような様子を見せた。

バスの中での話を少し擦《こす》っただけなのだが、何かおかしかっただろうか？

「……じゃあ、今日はお願いを聞いてくれるの？」

「は？」

「一つ、どうしても聞いてほしいことがある」

――――うん、嫌な予感。

「一緒にお風呂に入ってほしい」

嫌な予感は、すぐさま的中した。

「それって、さっきの水着で入るって話か？」

「うん。他の人が見る前に、凛太郎《りんたろう》の水着姿を見たい。それとせっかくだから背中を流したい」

「それに何の意味があるんだよ……」

「自己満足」

「……さいですか」

強い言葉だな、自己満足。俺も今後使っていこうかな。

「いい？」

「……分かったよ。別に水着だしな。見られたところでどうってことねぇ」

「じゃあご飯の後に、一緒にお風呂」

「はいはい。ったく、男の水着姿の何がいいんだか」

本来、役得なのは俺の方だと思う。

大人気アイドルの水着姿を目の前で見ることができるのだ。

熱狂的なファンなら、働いて得たひと月分の給料を全額支払ってでもお目にかかりたいはず。

それを向こうから、しかもタダで持ち掛けてきている……もはや役得を通り越して、ちょっと不気味だ。

「あ、ちなみに今晩は冷やし中華にするつもりだけど、普通のつゆかごまだれ派か聞いてもいいか?」

「普通のつゆ派」

「おっけ。じゃあそれで用意するわ」

今晩の一大イベントから意識を逸《そ》らすような会話を挟みつつ、二人そろって俺の部屋へと移動する。

休日を過ごす時は、基本俺の部屋に二人でいることが多い。

別段することもなくドラマを見たり、互いに別々の漫画を読んだりしている。

ただ今日に限っては、そのどれもが頭に入ってこなかった。

誰かと風呂に入るだなんて、もはや中学の修学旅行ぶりである。

それも相手が女だなんて——ああ、何だか悪いことをしている気分だ。

長くも短くも感じるような時間が過ぎ、やがて夕食すらも済んでしまった後、俺は脱衣所に呆然《ぼうぜん》と突っ立っていた。

服はすべて脱ぎ、下半身には買ったばかりの水着だけが存在している。

「……マジで何だ、この状況」

洗面台に備え付けられた鏡に映る自分を見て、思わずそんな風につぶやいた。

これだけなら、買ったばかりの水着が自分に似合うかどうか試着しているだけの男に見える。しかし今から起きるのは、俺の人生の中で決して起きるはずのなかったとんでもないベントだ。

正直まだ頭の中が整理できていない。

「――――凛太郎、入ってもいい？」

「ひゅっ……ど、どうぞ」

やべ、変な声出た。

キョドリまくっている俺をよそに、廊下と脱衣所の間の扉が開く。

そこから入ってきたのは、あまりにも美しすぎる一人の女だった。

「……今更だけど、ちょっとだけ恥ずかしい」

じゃあ止《や》めとけばいいのに――――と思っても、もはや手遅れ。

芸術品としか言いようのない肌色の四肢はすらりと伸び、細い印象を与えつつも太ももなどには柔らかそうな肉がしっかりとついている。

そしてもっとも恐ろしいのは、その胸。

〝クロス・ホルター・ビキニ〟によって吊《つ》り上げられた胸部の脂肪は、深い谷間をこれでもかというくらいに強調していた。

これは駄目だ。目に毒物を直接叩《たた》き込まれている。

標準語で言えばヤバイ。関西弁で言えばアカン。

ん？　ヤバイはそもそも標準語なのか？　考えろ、余計なことを考えろ。

ぐぎぎ、助けて。

「凛太郎、緊張してる？」

「当たり前ですわ」

「何でお嬢様口調……？」

もう自分でも何を口走っているのか分からない。

とにかくもう早く済ませてしまうに限る。それが俺の精神を守る一番の方法だ。

二人そろって浴室に入り、夏故に少しぬるめに設定したシャワーを出す。すると玲《れい》がフックからシャワーを外し、俺の足元へ当て始めた。

「冷たくない？」

「あ、ああ……」

「そう」

足元から順番にシャワーが上《のぼ》ってくる。

そして肩までたどり着くと、お湯が当たる部分を玲の手がそっと撫《な》でた。

「ひっ――」

「あ、くすぐったかった？」

「い、いや……びっくりしただけだ」

何で触る？　いや、さっき背中を流したいとは言っていたけども。

何だろう。段々いかがわしい店に来てしまった気分になってきた。

もちろん経験は皆無だが、おそらくこの背徳感は高校生の身で経験していいものではない。

あまりにも悪いことをしている気がしてきて、むしろここでミルスタのファンに刺された方が人類のためなんじゃないかと思えてきた。

その前に心臓がこの状況の負担に耐え切れず止まる可能性があるけれど。

「髪の毛洗ってもいい？」

「……いい、けど」

もうペースを取り戻す気力すら湧かない。

俺は風呂場にあるプラスチックの椅子に座らされると、頭にお湯をかけられる。

目を瞑《つぶ》って待っていれば、やがて細い指がシャンプーをまとって髪の間に差し込まれた。

ぞくっと、快楽が駆け抜けていく。

美容院等で髪を洗ってもらう時が割と好きな俺としては、こういうものにとにかく弱い。

美容師ほどのテクニックはもちろんないが、それでも彼女に頭を洗われていると思うだけで比較にならないほどに感覚が研ぎ澄まされていた。

「流すね」

言葉は出ず、俺は頷《うなず》くことしかできない。

お湯が頭からかけられて、泡が排水口へと流れていく。

やがて目を開けられるようになり、そしてすぐさま後悔した。

俺の後ろに立つ玲の姿が、鏡越しに改めて視界に入る。

お湯に濡《ぬ》れた彼女のビキニはぴったりと肌に張り付き、艶《なま》めかしさを強めていた。

こいつは俺のことを殺したいのだろうか？

「次は背中」

「あい」

借りてきた猫とはまさにこのこと。

俺はただただ大人しくしておくことで、この時間が速く過ぎていくことを祈っていた。

「凛太郎の体、意外としっかりしてる。服を着ている時とちょっと印象違う」

「ま、まあ……主夫仕事は思ったよりも重労働だったりもするし、たまに体を動かしたくなって筋トレしてるからな……」

部活に所属していない分、体育の授業では補えない運動を家で行うことがある。

運動不足を怖がるだなんて我ながらジジ臭いと思わないでもないが、体調を崩した時に頼れる人間がいなかった以上、仕方がない。

看病してもらえないのだから、そもそも体調を崩さぬように健康管理をするしかないのだ。

「背中も広いし、これは洗い甲斐《がい》がある」

玲はボトルからボディソープを出すと、手のひらでよく馴染《なじ》ませる。

――待て、なぜ体を洗う用のタオルを使わない？　すぐそこにかかっているのに。

「……じっとしてて」

ひたりと、背中に彼女の手が当たる。

待て、待て待て待て待て待て。

止めたいのに、動揺が激しすぎて声が出ない。

そうしている間にも、ぬるりと玲の手が動く。

頭を洗われている時以上の快感が全身を駆けずり回り、息が漏れた。

やっぱり俺、今日死ぬんじゃないか？

「気持ちいい？」

かろうじて首を動かし、一つ頷く。

それはもう反射的なものだった。そしてここで頷いてしまったことが、彼女をさらに増長させてしまう。

「────じゃあ、これは？」

むにゅり。

擬音で言うならそんな音。

背中の大部分に、お湯とはまた別の温度が広がる。

人肌だ。俺よりも少しだけ体温が高い。

そしてこの背中で柔軟に形を変える物体は、おそらく彼女の胸────。

「────ぁぁあああぁぁぁあああ！　これは駄目だ！」

「あっ」

ついにキャパを越えてしまった俺は彼女を振り払うようにその場で立ち上がる。

……その行動がまずかった。

勢いよく立ち上がった俺は、床を流れていたボディソープの泡でバランスを崩す。

とっさに手をついて体を守ろうとするが、反転した体の目の前には玲の姿があった。

失敗を自覚した時にはもう遅い。俺の体はそのまま玲と共に倒れ込む。

「…………悪い」

「……」

かろうじて腕で支えた俺の体の下には、唖然《あぜん》とした表情の玲がいた。

構図としては、俺が彼女を押し倒しているように見えるだろう。

うん、もう腹を切ることくらいしかできそうにないな。

「……凛太郎《りんたろう》、怪我《けが》はない？」

「あ、ああ」

「それなら、よかった」

そんな風に言いながら平静を装っているが、玲の顔は分かりやすく赤くなっていた。

照れたように目線を泳がせる彼女を見て、俺の頭に一つの疑問が浮かぶ。

何故《なぜ》、玲は急にこんな行動に出たのだろう？

元々突拍子のない女だったからこそ、途中までは受け入れてしまった。

しかし、この照れ方には妙な違和感がある。

もしかすると、本当にもしかすると。

「お前、誰かに何か吹き込まれたな？」

「……チガウ」

「いくら何でも分かりやす過ぎるわ！」

やはり、玲は誰かにそそのかされていたようだ。

こんなことをする奴《やつ》に、一人だけ心当たりがある。

よくからかうような言動を投げかけてくる、ミルスタのクール担当――。

どうやらあの女には、一度ガツンと言ってやる必要がありそうだ。

終始照れた様子の玲が部屋に戻ってから、俺はソファーの上でしばらくスマホをいじっていた。

◇◆◇

『話がある』

そんなメッセージを、ミアに送り付ける。

それから十分後、部屋のインターホンが鳴らされ、俺は玄関へと赴いた。

「……よぉ」

「突然どうしたんだい？　こんな夜に女の子を部屋に招くなんてさ」

扉の向こうにいたのは、玲とはまた違う顔の整い方をした女だった。

宇川美亜《うがわみあ》。またの名を、ミルフィーユスターズのミア。

彼女は肩の辺りで外跳ねしている自分の黒髪を指でいじりながら、どことなく愉快な様子で俺を見つめてくる。

「とりあえず中に入れ。お前には色々聞かなきゃいけないことがあるんだよ……」

「あんまりいやらしい質問はやめてね？」

「髪の毛一本一本の毛先にマヨネーズつけて舐《な》め回してやろうか」

「変わった嫌がらせだね、それ」

ミアを引き連れ、リビングへと戻る。

そのままソファーに座らせ、前もって用意しておいたブラックのコーヒーを目の前のテーブルに置いた。

「あれ、怒られるとばかり思っていたんだけど、意外ともてなされてる？」

「まあ、怒ってるわけじゃねぇからな。コーヒーすら出せないほど心は狭くねぇよ」

「ふーん……なら遠慮せずにいただこうかな」

俺はコーヒーを飲む彼女の横に座り、話を切り出す前に一つ息を吐《つ》いた。

「ふぅ……で、お前さ」

「うん」

「玲に変なこと吹き込んだだろ」

「うーん……ま、気づかれちゃうよね」

ミアは開き直ったように笑みを浮かべる。

俺はそんな彼女を前にして、呆《あき》れたようにまたため息を吐いた。

「いやね？　玲が凛太郎の水着姿を合法的に見たいって言いだすものだから、ちょっとしたアドバイスを送ったんだよ。それなら一緒にお風呂に入ればいいんじゃないかって。ついでに体を密着させたりすれば、男の子なんてイチコロだよってね」

あったよ」

「イチコロにする必要はなかっただろうが……お前のその入れ知恵のせいで散々な目に

「ふーん？　散々ねぇ。でも年頃の男の子としては嬉《うれ》しいイベントだったんじゃないかな？」

「まあ、そこは否定しない」

「おや、意外にもここは素直」

あの状況に喜ぶのは、一般的な男としては正常なことだと思う。

故に誤魔化したりはしない。

「ちなみに買い物デートも楽しめたかな？　間接キスするためのテクニックも教えたんだけど」

「あれもお前の入れ知恵かよ!?」

「残念ながら玲《れい》はそういう恋愛テクニックをほとんど知らないからね。教え甲斐があって面白かったよ。……なんて言いながら、ボクも実際に試したことはなかったんだけどね」

「魔王みたいな女だな、お前……」

「誉《ほ》め言葉として受け取っておくよ」

ミアは俺の前でけらけらと笑った。

そんな楽しげな彼女を見て、俺の中の毒気がスッと抜けていく。

こいつもこいつで憎めないんだよな……本当に。

「結局のところ、全体的に君は楽しめたのかい？」

「んー……そうだな。楽しかったよ」

「じゃあそんなデートを演出したボクに、ちょっとした報酬があってもいいんじゃないかな？」

「あ？　何でお前に――」

俺の言葉を遮るようにして、ミアは背中に隠していたと思われる何かを突然目の前に突き付けてくる。

それは一冊のノートと、英語の問題集だった。

「英語の宿題、教えてくれないかな？」

「……自分でやれよ」

「そう言わずにさ。りんたろーくんって成績いいんだろう？　解き方とか、そういうものを教えて欲しいんだよ」

英語か。

確かに不得意ではないが、教えられるほど力を入れているかと言われればそれはノーだ。

ただ俺自身がこの場で困るような話ではないし、一旦問題集を見せてもらってから受けるかどうか決めさせてもらおう。

「じゃあちょっと問題集を貸してくれ」

「分かったよ」

彼女から英語の問題集を受け取り、パラパラと中身に目を通す。

別の学校に通っているが故に、当然俺の知っている問題集とは少し違う形式で問題が並んでいた。しかしその問題自体は決して難しくはない。

基本の構文さえ覚えてしまえば、俺でも何とかなるだろう。

「これなら教えられないこともないな。しばらくは付き合ってやれると思う」

「ありがとう、助かるよ。今年度になってから結構授業に出られない日もあってさ、分からない部分がいくつかあったんだよね」

芸能活動と学生業を両立させるのは、かなり難しいことなのだろう。

そんな努力をしている人間を手伝うことが、悪いことであるはずがない。

「じゃあこのページからお願いしてもいい？」

「ああ、じゃあここの訳は――――」

こうして、唐突な夜の勉強会が始まった。

ミアの通っている学校は別に偏差値が低いというわけではないため、特に教えずともすらすらと問題を解いていく。

時たま躓《つまず》く部分に関しては、授業で学べなかった部分らしく丁寧に教えた。それでもすぐに呑《の》み込んでくれるため、俺の苦労自体はほとんどない。

「……なあ」

「何？」

「どうしてそんなに熱心に取り組んでいるんだ？」

「学生が勉学に励むのは当然じゃないかな」

そりゃそうだ。

しかし、今聞きたいのはそういうことではなく――。

「言いたいことは分かるよ。アイドルとしてこれだけ売れているのに、何で勉強しているのかって話でしょう？」

「まあ、端的に言えばな」

アイドルとしてここまでの人気を確保できたのなら、もはや学校に居続ける意味もないのでは？　と俺は思う。

しかし彼女ら三人は、それでも学校に通い続けていた。それも熱心に。

「ボクとしては、やっぱり高校くらいは出ておきたいって気持ちが強いからかな。小さなきっかけでも、ボクらの築き上げてきたことって簡単に壊れてしまうかもしれないだろう？　保険って言うのが一番しっくり来るかな」

「……ごもっともだな」

「これは三人の共通認識だと思うよ。……で、ここからはボクの個人的な話ね」

遠いものを見るような目をした彼女は、どことなく落ち着いた声で言葉を続ける。

「別にね、ボクは全部の教科を頑張っているわけじゃないんだ。何としても学びたいのは、英語だけなんだよ」

「英語だけ？」

「うん。英語を喋《しゃべ》れるようになりたいんだ。将来海外で生活できるように」

その言葉は俺にとっては衝撃的で、言葉を失わせるには十分だった。

「まだ具体的な将来設計はないんだけど、海外で活動できる人間になりたいって思ってる。女優でも、歌手でも、それ以外でもいいから」

「そいつは……でかい夢だな」

「そうだね。お母さんの影響かな……いつの間にか、ずっとそんな風な夢を持ってた」

ミアの母親は、確か有名な女優だと聞いている。

まったくテレビを見ないわけじゃない俺が名前を知らないということは、もしかしたら海外で活動している人なのかもしれない。それなら影響を受けたという話にも納得がいく。

「ねぇねぇ、りんたろーくんは専業主夫を目指しているんだろう？」

「ん？　まあな」

「じゃあさ、ボクについて来ない？」

彼女と目を合わせ、ぴたりと時間が止まる。

やがてミアの言っていることを呑み込めた俺は、冗談だと思ってそれを笑い飛ばした。

「はっ、お前が五、六年後に俺の嫁になるようなことがあれば、どこにだってついて行ってやるよ。一人の愛する女に尽くすのが、俺の思う専業主夫の道だからな」

「へぇ、じゃあ意外とハードルは低そうだね」

「そいつはお前次第だ。俺は自分を変えるつもりはないし、わざわざ合わせにいくつもりもないからな」

自分を曲げてでも一緒にいたいと思える相手がいたとすれば、それは俺が生涯の全てをかけて共にいたいと思う相手だ。そう簡単にそんな相手に出会えるわけがない。むしろ簡単に出会えてたまるかとすら思う。

その場の感情だけで何かを決めてしまわぬよう、俺は日々を冷静に過ごすのだ。

……まあ、もう冷静さは欠きまくっているけども。

自覚はあるよ。

「ふふっ、君らしい。……誰一人として知り合いのいない土地で、二人きりで生きるっていうのも悪くないかもね」

「……何かあったのか？」

口調とは裏腹に憂いを含んだ表情に対して、思わずそんな突っ込んだ質問を投げかける。

しかし、ミアはただ首を横に振った。

「別に、何もないよ。本当に」

「……そうか」

しばらくの間、シャーペンの動く音だけが響いていた。

〝別に、何もない〟。

その発言は、前例のある俺にはこう聞こえていた。

〝お前にできることは、何もない〟――と。

俺はお人好《ひとよ》しなんかじゃない。

面倒くさいことには関わりたくないし、関わったところで華麗に物事を解決できるような超人でもない。

だから、今日はこれ以上突っ込むようなことはしなかった。

いつか、俺が本当に頼り甲斐《がい》がある人物だと認めてもらえるような日がくれば、話してもらえるだろうか――。

どうして俺は、こんなところにいるのだろう。

さっきからずっとそんなことを考えていた。

目の前に広がるのは、素肌を晒《さら》した楽しげな人間たちと、透き通った広大なプール。

痛いくらいの夏の日差しを全身に浴びながら、俺は早くもここへ来たことを後悔し始めていた。

「どーだ！　祐介《ゆうすけ》！　凜太《りんた》郎《ろう》！　この鍛え上げた俺の肉体美！」

「はいはい。恥ずかしいから落ち着いてくれよ、竜二《りゅうじ》」

俺と同じプールサイドに立っているのは、同じクラスの堂本《どうもと》竜二と、柿原《かきはら》祐介。

今日は彼らに誘われたプールの日。

玲への水着のお披露目が終わった俺は、晴れてこの数々のプールが並ぶ大型施設に来ることができた。

「堂本く——じゃなかった、竜二君って柔道部だったよね。やっぱり鍛え方が違うのかな」

「そう言う凛太郎も、帰宅部の割にはしっかりしてんじゃねぇか！　今からでも柔道部に入らねぇか？」

「いやぁ、勝負事はあんまり得意じゃなくて」

さっきから頻繁にポージングを決める堂本からの誘いを、やんわりと断る。

別に柔道だからやりたくないとか、そういう話ではない。

元々優月《ゆづき》先生の下でバイトをしているという事情もあるが、今はそこに加えて玲《れい》の世話もある。部活に参加できない事情は盛り沢山だ。

「それにしても、梓《あずさ》たち遅いな……」

「まあ仕方ないんじゃないかな。女性って準備に時間がかかるって聞くし」

「そうだな……」

すでに水着に着替えている俺たちは、このプールサイドにて更衣室から出てくるであろう女性陣を待っていた。

もちろんその女性陣とは、二階堂《にかいどう》梓と野木《のぎ》ほのかである。

「お、来たぞ！」

堂本の声で顔を上げれば、ちょうど更衣室から見知った顔が二人ほど出てきた。

隣で、柿原が見惚《みと》れている気配がする。

「お、お待たせ」

「ごめんねー！　日焼け止め塗るのに時間かかっちゃった！」

二階堂は水色と白のフリルがついたビキニ。そして野木の方は、黄色いオフショルダータイプのビキニを身に纏《まと》っていた。

どちらも素材がいいこともあり、大変よく似合っている。

特に柿原にはぶっ刺さっていることだろう。

「に、似合ってるな、梓」

「そう……？　ありがとう、ちょっと安心したよ」

ホッとした様子で胸を撫《な》で下ろしている二階堂の横で、野木が声を上げる。

「えー！　アズりんだけー!?　ウチはウチは!?」

「も、もちろん！　ほのかも似合ってるぞ」

「にしし、でしょー？」

催促したものの、野木も柿原に褒められてご機嫌なようだ。

実際のところ、柿原の気持ちに嘘《うそ》は一つもないだろう。

ただ彼の視線はさっきからチラチラと二階堂の方へと引き寄せられていた。何と分かりやすいことか――。

「し……志藤《しどう》君！」

「ん？」

嫌な予感を覚えながら、俺は自分を呼んだ二階堂の方へ視線を向ける。

彼女はずいぶんと照れた表情を浮かべながら、もじもじと手をすり合わせていた。

「似合ってる、かな……？」

「あ、ああ！　うん、すごく似合ってるよ。フリルがひらひらしてて可愛《かわい》いね」

「っ！　よかったぁ……志藤君の好みとかまったく分からなかったから、すごく悩んだんだよね」

馬鹿、やめろ。ここでそんなこと言うな。柿原が凄《すご》い顔でこっち見てるから。

「おいお前ら！　向こうのプールで競争しようぜ！」

堂本、お前マジでなんも考えてねぇな。

「いいよ！　負けたら屋台の焼きそば奢《おご》りね！」

「お！　いいねぇ！　やってやろうじゃねぇか！」

何でだよ、やりたくねぇよ。

やる気のある二人は残った俺たちのことなど気にもせず、25メートルプールの方へと向かってしまう。

残ったのは気まずい俺たち三人なのだが、こうなるのであれば嫌々だとしても俺も堂本達《たち》に交ざりに行くべきだ。そうすれば運動が苦手な二階堂はここに残るはずだから、柿原と二人きりにしてやれる。

「じゃあ、俺も――――」

「勝負事って言われると……何だか交ざりたくなるんだよなぁ」

「え……!? おい！」

「竜二！　ほのか！　待ってくれー！」

馬鹿ぁぁあああ！　何でお前が行くんだ柿原ぁああ！

お前二階堂と二人きりになりたいんじゃないのか!?　アピールしたくないのか!?

何がとまでは言わないが、多分そういうところだぞ柿原ァ！

「……行っちゃったね」

「あー……そうだね。二階堂さんは行かないの？」

「私はあんまり速く泳げないから、遠慮しようかなって。後でウォータースライダーとか乗れればそれでいいよ。志藤君は？」

「俺は、そうだなぁ」

二階堂に視線を送る。

彼女との距離を保ちたいのであれば、ここで俺も奴《やつ》らの競争とやらに参加すべきだ。

ただ、あまり気が強くはなさそうな彼女を一人にするのはあまりにも忍びない。

最近自分の目の前でナンパされた人間を目にしてしまったからこそ、妙な心配をしてしまう。

いしね」

「二階堂さんを一人にはしたくないし、一緒にいるよ。俺もあんまり競争とか好きじゃな
「え!?　や……優しいね、志藤君」

「そうかな?　普通だと思うけど」

この程度で褒められても困る。

玲が男二人組に絡まれているのを見た時、俺は如何《いか》なる事情があろうともできる限り女性を一人で残すべきではないと学んだ。

もちろん、自分たち以外の不特定多数の人間が周りにいる場合に限るけども。

「二階堂さん、ナンパとかされても中々強く断れなそうだし」

「あはは……その通りかも。私結構押しに弱いみたいで、塾の帰りに声かけられちゃうの。そういう時は同じ塾にいる柿原君が守ってくれたりするんだけどね」

「へぇ、っていうか二人は同じ塾だったんだ」

「うん。一年生の頃から仲良かったのは、通ってる塾が同じだったからなんだよね」

なるほどな。

こう聞くと、柿原はだいぶ環境に恵まれているように思える。つまるところ、あいつは転がってくるチャンスを物にできていないだけなのかもしれない。

「じゃあ祐介君は、二階堂さんにとっての王子様なんだね」

「それは違うかな」

――――そっかぁ。

「と、とりあえず！　三人は焼そばを賭けてるみたいだから、俺たちは飲み物の用意くらいしてあげよっか。三人の好みとか分からないから、二階堂さんに選んでもらっていいかな？」

「あ、確かに。やっぱり志藤君は気が利くね」

「ははは、普通だよ。普通」

笑って誤魔化しながら、俺は二階堂と共に売店の方へと向かう。

堂本と野木にはコーラを購入し、柿原に対してはスポーツ飲料を購入した。

こんな風に好みを把握しているところを見るに、やはり彼らの仲が相当いいということが分かる。

「くそ！　負けた！」

「やーい！　ほのか様に勝とうだなんて、十年早いっつーの！」

飲み物を抱えた俺たちが25メートルプールの方へ向かえば、ちょうど勝負が終わったらしくそんな声が聞こえてきた。

どうやら野木が勝ったらしい。さすが毎度体育で玲に次いで周りを沸かせているだけのことはある。

「あれ、梓と凛太郎……どこ行ってたんだ？」

俺たちの合流に気づいた柿原が、不安そうに問いかけてくる。

うーん、こいつは俺が思っているよりもポンコツなのかもしれない。

「飲み物買ってきたんだよ。ほら、実はプールって脱水症状になりやすいって言うでしょ？　ちゃんと休憩は挟んでほしいからさ」

「えー！　二人ともすごい気が利くじゃん！　ありがと！」

プールサイドに上がった三人に、それぞれ飲み物を渡す。

全力で泳いだ後だからか、彼らは何とも美味《うま》そうに俺たちの買ってきた飲み物を流し込んだ。

「ぷはぁ！　生き返るぜ！」

「運動した後の炭酸サイコー！」

堂本と野木がそんな声を上げる。

ぶっちゃけ激しい運動の後に炭酸飲料を飲むのはそんなに褒められたことではないと思うが、わざわざ体を追い込むような運動をするわけでもないし、野暮なことは言うまい。

「つーかさ、これ結局どうなるんだ？　俺と祐介がほのかに焼きそばを奢んのか？」

「そりゃちょっと甘くない？　飲み物買ってもらったんだし、アズりんと志藤の分の焼きそばも買うってのはどう？」

「うげっ、でも確かにそれなら平等だな……仕方ねぇ！　負けた奴に発言権はねぇからな！」

あれよあれよという間に、俺たちの昼飯代が浮くことになった。

ジュース代よりも焼きそばの方が高いわけで、これに関しては俺は得をする。このまま話に乗っておこう。ケチ臭いとか言うなよ。

「まあ奢ることに関しては俺もいいよ。じゃあ焼きそばは昼時にまた考えるとして、次はどこに行く？」

「うーん、流れるプールとか？　あっちにあったけど」

柿原《かきはら》と野木が話をまとめようとしているところに、俺は「あっ」と思い出したかのように声を上げる。

「そう言えば二階堂さんがウォータースライダーに乗りたいって言ってたんだけど、行ってみない？　他の皆から特に希望が出ないなら、先にどうかなって」

「え、そうなのか？」

柿原が二階堂の方を見る。

彼女は少し驚いた様子で俺を見ていたものの、周りから見られていることに気づいて照れ臭そうに頬を掻《か》いた。

「う、うん……あんまり泳ぐのは得意じゃないから、そういうので遊べたらいいなって思ってて」

「よし！　じゃあウォータースライダーだ！　今からウォータースライダーに行くぞ！」

「いいの？」

「もちろんだ！　竜二《りゅうじ》とほのかもいいよな？」

彼が問いかければ、二人はそれぞれ乗り気で頷《うなず》く。

よし、これでシチュエーション自体はほぼ整った。

二階堂《にかいどう》がウォータースライダーに乗りたいと言い出した時に、俺の頭の中には柿原の恋を応援するためのプランが出来上がっていた。

しめしめと思いながら、まずは五人で大型のウォータースライダー乗り場へと向かう。

『このウォータースライダーは二人ずつのご案内となります！　二人一組で列にお並びください！』

列の最後尾へと向かった俺たちに、係りの女性がそんな風に声をかけて回っている。

このウォータースライダーは、長い滑り台を二人組で浮き輪に摑《つか》まって滑っていくシステム。このシステムこそが俺の狙いだった。

「二人組だってよ。どうする？」

「あー、一人余っちゃうね」

堂本《どうもと》と野木《のぎ》がどうしたものかと頭を悩ませている。

柿原に関してはチラチラと二階堂の方を見るばかりで、何も言い出さない。

ヘタレと思わないこともないが、むしろこんなシチュエーションで一緒に乗らないかと誘える人間がいたら、そいつには心臓に剛毛が生えていることだろう。

だから任せろ、柿原。まずは奇数の問題を解決してやる。

「あ、ごめん……言い出しといてなんだけど、俺高所恐怖症なんだ。できればこいつは遠慮したいなって思ってたんだよね」

「え!?　そうだったの!?」

二階堂が驚いた様子で声を上げる。

高所恐怖症自体は嘘《うそ》なのだが、こう言っておけば少しは納得してもらえる確率が上がるはずだ。

「おいおい、じゃあ別のところ行こうぜ。乗れねぇなんて寂しいぞ?」

「いやいや、ここは四人で行ってきてよ。俺のせいで四人が乗れなかったなんてことになったら嫌だからさ。それにウォータースライダーは他にもあるし、ここが終わったらそっちで付き合ってよ」

「あー、そうなんか。……んじゃお言葉に甘えっかな！　俺ずっとこいつに乗ってみたかったんだよ！」

よし、いいぞ堂本。豪快な物好きなお前なら、この施設最大のウォータースライダーを逃す気はないと思っていた。

　そして一人が乗り気になれば、もう一人確実にその流れに乗る人物がいる。

「まあ並び始めちゃったし、ウチもずっと乗りたいって思ってたんだよねー。志藤《しどう》、申し訳ないけど待っててくれる？」

「いいよ。みんなが飛び込んでくるところちゃんと見てるから」

「言ったなー？　じゃあかっこよく飛び込んじゃおっと！」

　これで野木も陥落。

　ここまで外堀を埋めたら、舞台は完全に整った。

　俺は柿原に視線をやり、一つウィンクを送る。「今だ、行け」という意味を込めて。

　それに気づいた柿原は表情をパッと明るくすると、嬉《うれ》しそうに頷く。

「あ……梓《あずさ》！　一緒に乗らないか？」

「え？」

　意を決して、柿原が二階堂に声をかける。

　これこそが俺の、ウォータースライダーでラブラブ大作戦だ。我ながらクソださいけど。

「あ……う、うん。いいよ？」

「――っ！　じゃあ早速並ぼう！」

　俺は見逃さなかったぞ、柿原。お前のそのガッツポーズを。

「えー！　じゃあウチ竜二とぉ？　アズりんとがよかったなぁ！」

「ふっ……まあいいじゃねぇか。一回くらいは俺で我慢しろよ」

「え!?　あ……うん。まあ、いいけど」

いつになく大人っぽい声色で言った堂本に、野木が照れている。

対する堂本は、俺と柿原に交互に視線を送った後、俺にだけ見えるように親指を立てた。

ああ、なるほど。親友の恋路くらいはお見通しってことか。

「じゃあ……志藤君、行ってくるね」

「ああ、いってらっしゃい」

こちらをチラチラと見てきていた二階堂に手を振って見送る。

二人ずつになって並ぶ彼らに背を向け、俺はちょうどスライダーが終わる受け皿用のプールの縁へと移動した。

ここならちょうどスライダーから飛び込んでくる彼らの姿を見ることができる。

（……何してんだろ、俺）

プールサイドにぺたんと座り込み、ボーっと揺れる水面を見つめる。

一人になってみると、改めて自分の行っていることのくだらなさが浮き彫りになっていた。

そもそもの話、俺が行っている手助けは当然ながら柿原しか得をしない。

初めから彼に気がない二階堂としては、もしかすると迷惑極まりない行動なのかもしれない。

外堀を埋められる苦しさくらいなら、俺でも分かる。

今俺がしていることは、彼女の気持ちを蔑《ないがし》ろにしているのと同じことなんじゃないだろうか。

「わっかんねぇな……」

最初は二階堂の気持ちを逸《そ》らせるために協力しようと思った。

だけど今は柿原自身と少しだけ距離が縮まり、素直に応援したいという気持ちもわずかながらに存在する。

人の恋路を青春と言うのなら、この状況もそうなのだろうか。

青春というものは、思ったよりも残酷なものなのかもしれない。

つくづく向いていないなと、俺は自分で自分を嘲笑した。

「「やっほぉぉぉぉ！」」

いつの間にか彼らの番が来ていたようで、目の前のプールに野木と堂本が飛び込んでくる。

水しぶきを上げた二人は互いに水面から顔を出し、けらけらと楽しそうに笑っていた。

「あ！　志藤！　ウチらの飛び込みどうだった!?」

「ああ、すっごい派手だったよ」

「でしょー！　やったね竜二！」

うぇーい、と二人は拳を突き合わせる。

彼らは浮き輪を係りの人に返してプールサイドに上がり、俺と共に後から来るもう二人を待った。

「ねぇ、志藤？」

「ん？」

「志藤ってさ、もしかして祐介《ゆうすけ》の気持ちに気づいてる？」

俺と堂本の間に挟まれている野木が、ウォータースライダーの方へ視線を向けながらそう問いかけてきた。

しばしの思考。横目で堂本を見ても止めようとしてこないことから、俺は正直に頷いた。

「うん。本人から協力してほしいって言われてる。二人は元々知ってたんだね」

「まあね。ずっと四人で遊んでるから、さすがに気付くよ。むしろアズりん本人が気づいていないのが不思議なくらい。……ま、自意識過剰って思われたくなくて気づかない振りしてるだけかもしれないけどさ」

それは――――確かにあるかもしれない。

「俺もずっと近くで見てたんだけどよォ……あいつら誰がどう見てもお似合いなんだよな。

けど祐介の野郎も奥手だし梓も気づいてねぇしで、ずーっと悩まされてきたんだよ」

「……まあ、その気持ちは少しだけ分かるよ」

「だろ？　だからさっきお前が上手《うま》いことウォータースライダーに誘導してくれた時にさ、よくやってくれた！って思ったんだぜ」

堂本のその言葉に、隣で野木も頷く。

「ウチと竜二ってさ、ほら、こう豪快なイメージあるじゃん？」

「ま、まあそうかも」

「だから祐介の気持ちがイマイチ理解できなくてさ。早くぶつかっちゃえばいいのに！って思っちゃうんだよね。他人事《ひとごと》だからかもしれないけどさぁ。今のまま過ごしてたらずーっと関係性は変わらないだろうし、進みたいなら痛い思いだってする覚悟がないと駄目だって思わない？」

正論だとは思う。ただそれを口にできるのは、間違いなく他人事だからだ。

俺には柿原の気持ちも分かる。

根はまったく違う人間だし、考え方もまったく異なるけども、今までの関係が壊れるかもしれないという恐怖は誰にだって理解できるはずだ。

そして、二人の話を聞いていて俺は理解した。してしまった。

柿原は自分で気づいている。

二階堂の気持ちが自分には向いていないと、心のどこかで気づいている。

だから踏み込めない。踏み込めなかったんだ。

傷つくことが嫌だから、恐ろしいから。

彼は周りから――――俺たちから、傷つく勇気を欲しがっている。

そうして傷ついた先で、彼ら四人の関係はどうなってしまうのだろうか。

案外友達のまま変わらずに過ごしていけるかもしれない。

そうはならず、もう取り返しのつかないほどに壊れてしまうかもしれない。

そんな友情の分岐点に自分が関わりそうなこの状況に、俺は少なからず恐ろしさを覚え始めていた。

「うおぉぉぉぉ！」

「きゃぁぁぁあああ！」

俺たちの会話を遮るように、これまた楽しそうな声が聞こえてくる。

浮き輪の上で密着しながら滑り落ちてきた二階堂と柿原《かきはら》が、プールの中へと飛び込んだ。

楽しげにプールサイドへ向かってくる二人を見て、内心ホッとする。

もう、今日は放っておこう。

協力するという義理に関しては、もう果たしたはずだ。

今だってもう十分いい関係じゃないか。少なくとも、他人の恋路にこれ以上手は出したくない。

「三人とも待たせたな。特に凛太郎《りんたろう》は結構待たせちゃったと思うんだけど……」

「いいよ、気にしないで。みんなが飛び込んでくるところを見てるのは結構楽しかったし」

「そうか？　じゃあ次は凛太郎も楽しめるやつに滑りに行こうか」

律儀な奴《やつ》め。憎いくらいに良い男だ。

まあ人が滑っていて楽しそうだと思ったことは事実。せっかく来たわけだし、どうせなら楽しんで帰ろう。

「じゃああっちの低めのやつに行こうぜ！」

「いいね！　あれならみんなで滑れそう！」

堂本《どうもと》が指さしたウォータースライダーは、滑り台自体が広く、大きな浮き輪にみんなで摑《つか》まって滑るタイプのものだった。確かにあれなら全員で楽しめる。

「志藤君、あれなら大丈夫かな？」

「うん。あの高さくらいなら問題ないよ。気を遣ってくれてありがとうね」

「ううん。当然のことだよ」

二階堂《にかいどう》の言葉に、他の三人も頷《うなず》く。

本当に気のいい連中だ。スクールカーストが高いことが素直に納得できる。

いつか、俺も彼らと本音で話せる時が来るのだろうか？

そんな風に考えてしまった自分の思考を、頭を振って霧散させる。

どう考えても、素の俺と彼らの性格が合うとは思えない。

それを切ないと思い始めた俺自身に、少しだけ驚いた。


一通りウォータースライダー等で遊んだ俺たちは、屋台の並ぶテラスのような広場に来ていた。

ちょうど他の家族が座っていたテーブル席が空き、俺たちはその場に腰掛ける。

「くぅ……痛い出費だぜ」

苦しげな表情を浮かべながら、堂本と柿原が俺たちの前に屋台の焼きそばを置く。さっき野木《のぎ》に負けた罰ゲームだ。

トレーの上に昔ながらのソース焼きそばが乗っている。

水の中で体を動かしていた俺たちは思いの外腹を空《す》かせていたようで、誰の物か分からない腹の鳴る音が聞こえてきた。

「あ……ごめん」

「えー！　もうアズりん可愛《かわい》すぎ！　ほら男子たち！　可愛い女の子がお腹《なか》空かせてるん

だから、さっさといただきますするよ！」

「ほ、ほのか！　恥ずかしいから！」

意外なことに、どうやら二階堂の腹が鳴ったようだ。

そんな彼女をフォローするように、柿原が声を上げる。

「じゃあ食べよう！　ほら、いただきます！」

いつかの調理実習の時のように手を合わせた俺たちは、それぞれ出来立ての焼きそばに口をつけ始める。

――――美味《うま》い。


味だけで言うならば、本当に普通のソース焼きそば。しかし空きっ腹とこの開放的なシチュエーションが相まって、異常に美味く感じる。

キャンプで作るカレーやＢＢＱと同じだ。

やはり食事は環境も大切ということらしい。

「うっまぁぁぁあ！　ナニコレ美味《おい》しい！　しかも祐介と竜二《りゅうじ》の奢《おご》り！」

「何度も掘り返すんじゃねぇよ！　でもマジでうめぇな！」

野木と堂本がはしゃぐ気持ちもよく分かる。

隣で上品に食べていた二階堂も、押さえた口元が綻んでいた。

「この後どうする？　俺としてはもう一通り回ったし、各自自由って感じで動いてもいいんじゃないかって思ってるけど」

「祐介にさんせー！　しばらく好きに動いてみようよ。後で時間決めて合流する感じにしてさ」

柿原の意見には皆賛成のようで、声に出さずとも頷くことで賛同を示す。

俺としても自由行動は大賛成だ。小難しい理由を考えず柿原や二階堂から離れられるのはありがたい。

「な、なあ……梓《あずさ》」

「ん？　何？」

――――お？

言い出しっぺの柿原が、二階堂に声をかける。

俺と堂本たちは無言で目を合わせ、会話の行く先を見守った。

「ま、また一緒にウォータースライダー乗らないか？　最初のやつにさ」

やはり、もう俺の協力なんて必要なさそうだ。

自分から声をかけられるなら、下手なお膳立てなどいらないだろう。

「あ、いいよ。私も乗りたかったから」

「っ、そっか！　じゃあ食べ終わったら早速行こう！」

「そんなに張り切って……変な柿原君」

二階堂も満更ではなさそうな顔をしている。

二人が自主的に二人っきりになってくれるのなら、俺はどうするか。

視線を試しに堂本に向けてみると、彼は何をどう解釈したのか悪い笑みを浮かべ始める。

「くっくっく……分かったぜ凛太郎。お前もやっぱり泳ぎの速さ比べがしたかったんだな！」

いや、全然違うけど。

「仕方ねぇな！　じゃあ次は飲み物をかけてバトルだ！」

「いいねぇ！　それならウチもまた参加するー！」

「いいだろう！　今度は凛太郎を交ぜた三《み》つ巴《どもえ》だな！」

違うけど――――まあいいか。

一人で回っても退屈だし、何も考えずに体を動かせるならそれに越したことはない。

食事を終えた俺たちは席を立ち、二組に分かれて動き始める。

柿原たちは彼らが最初に遊んだウォータースライダーへ。そして俺たちは25ｍプールへと向かった。

「よし、勝負は50ｍ！　行って帰ってきての往復で一番速い奴の勝ちだ！」

「ふっふっふ、二回目だろうが負けないよ！」

気合が入っている二人と共にプールに入り、スタートの構えを取る。

さすがに飛び込みは危険だからと禁止されていたため、水の中からのスタートだ。

「じゃあ行くぞ！　よーい……どん！」

堂本の声掛けに合わせ、俺たちは一斉にプールの壁を蹴った。

二人の位置などは視界に入れないようにしながら、自分の泳ぎに集中する。——などとかっこつけて考えているが、実際のところは別に泳ぎが得意なわけでも何でもないため、他のことに意識を向けるだけの容量がないだけだ。

ひたすらに手を動かして、クロールで前に進む。

ようやく25ｍの折り返しにたどり着いた時に、二人の位置が一瞬見えた。

ああ、駄目だこりゃ。

すでに二人とも折り返しを終え、俺の前を泳いでいる。

そこから諦めずに全力は出したものの、結局追いつくことはできなかった。冴《さ》えない男の無双劇は、やはり現実では起きないらしい。

「しゃぁ！　見たかこの野郎！」

勝利の雄たけびを上げたのは、堂本だった。

最初のレースで一位だった野木は、心の底から悔しそうに地団太を踏んでいる。

「ああもう！　途中で水着がズレそうにならなければ絶対に勝ったんだから！」

「残念だったな、勝負は勝負だ！　まあビリっけつは凛太郎だけどな！」

「くぅ、まあビリじゃないだけよかったたって思うしかないかぁ」

息を切らしながらプールサイドに上がった俺に、二人はニヤニヤした顔を向けてくる。

あらやだ、めっちゃムカつく。

「俺、コーラな」

「ウチもー」

さっき俺たちが買ってきたやつと同じじゃねぇか。

仕方ない、敗者には文句を言う資格すらないのだ。

「わ、分かったよ……この借りはいつか絶対に返すからな」

「おう、上等だよ！」

俺は施設内でレンタルできる防水の袋に入れていた財布を持つと、そのまま売店の方へと歩き出す。

カースト上位の連中を打ち負かすチャンスだったのだが、そう上手《うま》くはいかなかった。大人しくさっさと飲み物を買ってきてやろう。

ただ、こうも人が多いと売店に飲み物を買いに行くだけで一苦労だ。

人とぶつからないようにしながら、できるだけ人口密度の薄い場所を選んで歩く。

そうしていると、気づけばあのウォータースライダーの近くまで来てしまっていた。麓の方は順番待ちの人間で賑《にぎ》わっているものの、受け皿プールの周りにいる人間は少ない。

いそいそとウォータースライダー周辺を抜けようとしていたその時、視界の端に見知った二人が映り込んだ。

「梓……提案があるんだけどさ」

疲れた様子でプールサイドに腰掛ける柿原《かきはら》たちの会話が聞こえてくる。

その瞬間、俺はとっさに近くの岩のオブジェクトに身を隠していた。

そんなこと知る由もない柿原は、言葉を続ける。

「今度は……その……二人で、また来ないか？」

◇◆◇

今日は酷《ひど》く疲れた一日だった。

泳ぎ疲れの独特な倦怠感《けんたいかん》に苦しみながらも、俺は何とか家にたどり着く。

俺にはまだやるべきことが残っていた。

眠りたくなる気持ちを抑え込み、一度シャワーを浴びた後に台所へと向かう。もちろん、玲《れい》の夕食を準備するために。

シャワーのおかげである程度目が覚めていた俺は、いつも通り手際よく作業を進める。

そうしていると、玄関の方から玲の足音が聞こえてきた。気づけば随分と時間が経《た》っていたらしい。

「おかえり」

「ただいま」

そんないつものやり取りを終えて、玲は一度風呂へ行く。

俺はその間に料理を温め直したり、食器に盛り付けたりなどして、彼女が上がってきてすぐに食べられるように準備した。

ここまではもはやルーティーンと言ってもいい。

テーブルの上に並べた料理を見て満足感に浸っていると、髪を乾かし終えた玲が浴室から出てきた。

「お待たせ。今日のご飯は何？」

「チンジャオロースと麻婆《マーボー》豆腐の中華セットだ。この前食べたいって言ってたからさ」

「覚えていてくれたの？」

「当たり前だろ」

数日前に、新曲のダンスレッスンが激しくなってきた玲からガッツリした物が食べたいと申し出を受けていた。

俺の中でガッツリした物と言えば、やはり中華料理。ニンニクをふんだんに使ったスタミナ丼なども考えたが、それなりに手軽に作れてしまうため、もっと時間がない時のためにとっておくことにした。

「むしろ食いたい物を言ってもらえるだけ助かるよ。献立で迷う時間が減るからな」

「じゃあもっとリクエストしていいの？」

「おう。どんと来い」

誰かのために料理を作り始めて実感したが、要望を聞いて「何でもいい」と返されるのはそれなりにしんどい。

俺の場合は玲が比較的正直に食べたい物を言ってくれるおかげで助かっているが、これが淡白な旦那を持つ嫁の場合だとかなりストレスが溜《た》まることだろう。もちろん好きに作らせてもらえて嬉《うれ》しく思う人もいるだろうが、それはどちらかと言えば少数派だと思う。

「とりあえずまずは目の前の飯からだ。冷めないうちに食ってくれ」

「うん。いただきます」

オイスターソースの段階からしっかりと味を整えたチンジャオロースと、甜面醤《テンメンジャン》と呼ばれる調味料と豆板醤《トウバンジャン》から作った割と本格的な麻婆豆腐。

味見の段階で上手くできた確信はあったのだが、白米と食べると益々《ますます》箸が止まらない。

「凛太郎《りんたろう》、おかわり」

「お、最速記録更新だな」

掃除機でも体についているのかと思わされる速度で、一杯目の白米が消えた。

言葉だけじゃなく、こういう行動を見せられるだけでも作り手側は嬉しいもの。まあそんな自分のちょろさに笑ってしまいつつ、俺は彼女の分のおかわりを用意した。

俺たちの食事中に、音は少ない。

食べ終わるまで会話なんてほとんどないし、そもそも言葉を発せないレベルで玲はずっと食い続けている。

おかわり自体は四杯目に突入し、大皿に盛り付けてあったチンジャオロースと麻婆豆腐もほとんど完食されていた。

そろそろか――――と思った矢先に、彼女はコトリと箸を置く。

「ごちそうさまでした」

「うい、お粗末様」

最近になってきて、玲の腹のキャパもよくよく理解できるようになっていた。

すっかり綺麗《きれい》になった皿と茶碗《ちゃわん》を持ち、流しへ持っていく。

皿洗いを始める前に、デザートとして玲が買っていた少し高めのアイスを投げ渡しておいた。だいぶ食った後でも、曰《いわ》く甘い物は別腹というやつらしい。

手際よく皿洗いを終えた俺は、手を拭きながらソファーへと戻ってくる。ついでに淹《い》れたコーヒーを彼女の前に置き、深々と腰を掛けた。

つけっぱなしにしていたテレビからは、芸能人たちの笑い声が響いてる。

時刻は二十時を少し回った頃。ちょうどゴールデンタイムのバラエティ番組が始まる時間帯だ。

「……こういう番組には出ないのか？」

「出る時もある。新曲の発売前とか」

「ああ、番宣ってやつか」

「そう言われるといい印象はないけど、そういうこと」

他愛のない会話。そんなやり取りに、安らぎを覚える。

バラエティ番組を前にして落ち着いているのもどうかと思うが、そんなことは気にもせずにコーヒーを啜《すす》った。

「……何かあった？」

「……どうしてそう思う？」

「いつもより距離が近いから」

玲にそう言われて、ハッとした。

自覚はなかったが、俺と玲の間にあったはずの距離がいつもより狭くなっている。途端に顔に熱が上がってくるのを感じた。

やばい、究極に恥ずかしい。

そそくさと距離を取ろうとした俺の腕を、何故《なぜ》か玲が摑《つか》む。

「は、離せ……！　冷水を浴びてくる！」

「駄目、風邪ひいちゃう」

「今求めているのは正論じゃねぇ！」

必死こいて玲の腕を振り払おうとする。しかし冷静に考えると、暴れた結果怪我《けが》でも負わせてしまったら最悪だ。

――――うん、思ったよりも頭は冷えていたらしい。

「ふぅ……分かったよ。まずはちゃんと座らせてくれ」

「うん」

俺がソファーに座り直せば、摑まれていた手が離れる。

「柿原君たちと、何かあった？」

「いや、別に何かあったわけじゃないんだが……」

玲はかなり頑固だ。もうここまで来てしまったのなら、分かりにくく誤魔化すのはやめて、すべてそのまま話してしまった方がいいのかもしれない。

たとえそれが柿原のプライベートだとしても、散々振り回された仕返しということでここはひとつ。

「誰にも話さないって誓えるか？」

「凜太郎がそうしろって言うなら、そうする」

「じゃあ、話すよ」

俺は今日起こった出来事を思い返しながら、玲へ説明していく。

柿原の恋路を応援しようとしていたこと。

途中で二人を上手いことウォータースライダーに乗せたこと。

そしてついに彼が一歩踏み出したこと。

『今度は……その……二人で、また来ないか？』

勇気を振り絞った柿原の口から放たれた、そんな誘いの言葉。

これに対する二階堂《にかいどう》の返事を、あの場で俺は聞いてしまっていた。

『皆で行った方が絶対に楽しいよ。あとで揃《そろ》った時に声かけてみない？』

「――――だってさ。女のお前に聞きたいんだけど、これってさ……」

「私もこういう話に詳しいわけじゃない。でも、もし柿原君のことが好きなら、多分喜んでその誘いを受けると思う」

「……だよなぁ」

二人。わざわざその言葉が添えられているという意味に気づかない人間は少ない。

それを遠回しに断ったということは、少なくとも〝そういった感情〟を持ち合わせていない可能性が高い。

端的に言ってしまえば、脈がないということだ。

心のどこかで、何だかんだ柿原の恋は上手《うま》く行くもんだと思っていた俺がいる。

過ごしてきた時間の厚みを考えれば、彼女だってどこかしらの感情の中に柿原への好意を隠しているのではないかと、というか隠していてほしいと本気で願っていたんだ。

そんな俺の願いが、まさに散りかけていた。

「柿原のやつ、信じられないくらい落ち込んでてさ……もう何て声をかけてやればいいか分からなかったよ」

「それは……ちょっと気の毒。仲良しじゃなくても、柿原君の気持ちは分かりやすかったから」

「お前も気づいてたのかよ……」

「班で何かをする時とか、よく誘ってくれていた。それでも長く一緒にいたわけじゃなかったけど、すごく分かりやすかったよ?」

なるほどな。

柿原、バレてないと思ってるの多分お前だけだぞ。

「柿原君の恋を凛太郎が応援しているのは分かった。だけどそれだけじゃ、何で今の凛太郎の様子がおかしかったのか分からない」

「……細かいところは省かせてもらうんだが」

そう告げて、俺は自分のポケットに入っているスマホを撫《な》でる。

　この中には、ついさっき届いた二階堂梓からのメッセージが入っていた。

『急に誘ったのに来てくれてありがとう。志藤《しどう》君さえよければなんだけど、今度は二人で行きませんか……？』

　送られてきていたのはそんな文章。

　晒《さら》し上げのような行為はしたくないが故に画面は見せられない。

　ただ二階堂から二人きりでの遊びの誘いを受けたことを、かいつまんで玲《れい》へと伝えた。

「それって……」

「まあ、そういうことだろうなって」

「……二階堂さん、凛太郎のこと好きなんだ」

「どうやらそうらしい」

「それ、どうするの？」

「ん？　ああ、もう断ったよ」

「どうして？」

「どうしてってお前……ちょうど二階堂の空いている日の予定が、お前に誘ってもらったホテルへ行く日と被《かぶ》ってるからだよ。約束も先だったし、俺の中での優先順位はお前が一番だからな」

　たとえ玲の方が後だったとしても、俺の生活は彼女と共にある。

だから本当に申し訳ない話、どういう形であれ二階堂の誘いは断っていた。

そもそも俺は柿原《かきはら》の恋を応援しているわけで、わざわざ自分から彼女との距離を詰めるような、波乱を呼ぶ行動ができるわけがなかった。

「けどまあ二階堂に非があるわけでもないし、さすがに断った時は胸が痛かった——って、何でニヤニヤしてんだよ」

できるだけ傷つけずに断る方法を考え続けていた俺の横で、玲はどことなく嬉しそうに口角を上げていた。

「私が一番……凛太郎の中では私が一番……」

「どうしたんだお前……ちょっと気持ち悪いぞ」

「気にしないで。話続けて？」

「えぇ……？」

困惑しつつも、まあこれが乙咲《おとさき》玲なのだと納得する。

こういった変わり者の部分もまた、彼女の魅力なのだから。

「……結局さ、振り回されるだけ振り回されて、そんで逆に誰かを振り回して、最終的にもっと関係が複雑になって……これが俺の憧れた青春ってやつなのかと思ったら、ちょっと気持ちが沈んじまってさ。辛《つら》そうで、苦しそうで。何が楽しいのか全然分からんかった」

アニメやドラマの世界の、汗と涙を流しながら走って駆けての青春群像劇。高校生である以上は一度くらいそういうものを体験してみたいと思っていたが、どうやら俺には究極までに向いていないかったらしい。

すべてのモヤモヤの原因は、一つの理想の崩壊にある。

これが青春というのなら、あまりにもこの世界は趣味が悪い。

「我ながら何言ってるんだって感じだけどな」

「……じゃあ、私と青春しよう」

「は？」

「凜太郎《りんたろう》の憧れは、私が叶《かな》えたい」

彼女の突然のおかしな提案に、俺は呆《ほう》けた声を出してしまう。

そんな俺をさらに追いつめるように、玲は身を乗り出してじっと目を見つめてきた。

「今度の海で、忘れられない思い出を作ろう」

力強い玲の言葉に、俺は気圧《けお》され、頷《うなず》くことしかできなかった。

夏と言えば海。

そんなセリフをよく聞いたことがある。

まあ間違ってはいないだろう。

実際サーファーや釣り人のような人種以外、ほとんどの人間は夏にならなければ海では遊ばない。

しかしこれでは夏と言えば海ではなく、海と言えば夏なんじゃないだろうか？

つまり海の中に夏があるわけではなく、夏の中に海があるという――。

「だぁ！　もうあっちーな！」

俺は時たま車が通るだけの影一つないアスファルトの上で、空に向かって叫んだ。

暑さを忘れるために必死にどうでもいいことを考えていたが、それもまったく効果なし。

すべてを焼き尽くす太陽の前では、人間の小細工など通用するわけがなかった。

「くそっ……こんなことになるんだったら、あいつらの提案に乗っとけばよかった」

顎から汗を垂らしながら、俺は一人愚痴る。

ここは東京からだいぶ離れた海辺の県。

電車に乗って数時間。たどり着いた駅からバスでさらに一時間。そしてようやく目的地にたどり着いたと思ったら、そこから徒歩でさらに一時間。

朝七時に家を出たはずなのに、気づけば正午を回っていた。

そこまでして俺が目指す場所は、玲たちが泊まっているであろうプライベートビーチ付きの海辺のホテル――もとい海辺のコテージだ。

水着での撮影が終わってスタッフたちが全員撤収したところに、後から俺が合流する流れになっているのだが……。

（ちくしょう……まさかこんな羽目になるなんて）

日差し対策で帽子を被ってきたのだが、それを熱が貫通し始めている。

おそらく、というか多分違うけど、この道は車で通ること前提で作られていると思う。歩くことに適しているとは思えないのだ。

だって自販機一つないし、道の両サイドは雑草ばかりで影になってくれるような背の高い木すら立っていない。

玲たちは迎えを寄越《よこ》すと言ってくれたのだが、何も知らなかった数日前の俺がそれを断りやがった。

今すぐ戻ってぶん殴ってやりたいが、そんな都合のいい願いは決して叶わない。

だってまさかこんなに遠いとは思わなかったんだもん。

俺自身はあいつらの仕事とはまったく関係がないため、もちろんタクシー代なんて出るわけがない。

そうなると当然あいつらのポケットマネーでタクシーを呼んでもらうことになるわけだが、さすがにそれはどうかと思って格好つけてしまったことが間違いだった。

ぶっちゃけよう。もう帰りたい。

玲が忘れられない思い出を作ろうと言ってくれたはずなのに、俺の心はすでに折れかけていた。

「ん……あれか？」

道の先に、木でできた一軒家が見えてきた。

あれが蜃気楼《しんきろう》でなければ、きっと目的地のコテージだろう。

助かった――――。

まるで山で遭難していたかのような言葉が、自然と口から漏れた。

持ってきた飲み物はすべて飲んでしまったし、これ以上歩くようなことがあればさすがに死を覚悟していたわけで。ようやく休めると思ったら、底をついていたはずの体力は少しだけ息を吹き返した。

さて、コテージへとたどり着くためには、敷地内に入るための門に宿泊客用のカードキーを外から通すか、中から開けてもらうしかない。

当然俺はカードキーなど持っていないので、彼女らに開けてもらう手筈《てはず》になっている。

まずはスマホを取り出し、玲に電話をかけた。

「……もしもし」

『ん……うぅむ……』

「寝起きだな。めちゃくちゃ寝起きだな」

『おはよう……？』

「もうこんにちはだけどな。とりあえず門を開けてくれねぇか？　体から焦げたような匂いがすんだよ」

『それは大袈裟《おおげさ》……』

「うるせぇ早く開けてくれ」

『あい……』

それから少しして、目の前の門がゆっくりと開き始める。

敷地内に足を踏み入れれば、コテージの方から見覚えのある金髪がこっちに向かって歩いてきているのが見えた。

「ようこそ、凛太郎」

「おい……ここまでめちゃくちゃ歩くじゃねぇか」

「ごめん、言わなかったっけ」

「いや、言ってた。確かに言ってた。だから今の俺は夏の暑さに理不尽にキレてるだけだ」

「意外と冷静。とりあえず涼しくなってるから、中に入って」

玲に案内されるままに、俺はコテージの中へと入った。

木材特有の香りが鼻をくすぐる室内は、確かに冷房が効いていて大変涼しい。

窓からは噂《うわさ》のプライベートビーチが見えており、日の光を反射してきらきらと輝く波が寄せては返していた。

「ただの水でいい？」

「ん？　あ、ああ」

そんな光景に夢中になっていると、いつの間にか冷蔵庫まで移動していた玲がペットボトルを一本放り投げてくる。

キンキンに冷えた水だ。

俺は急《せ》くように蓋を開け、中身を喉に流し込む。

「――――っ！　うめぇ……」

「こんなに幸せそうな凛太郎、初めて見た」

「今まさに生きていることを実感しているからな……こんな顔にもなるわ」

熱を帯びていた体がスーッと冷えていき、脳も本来の活動を取り戻す。

あんまり体をいじめる行為は好きじゃないが、こんなに水が美味《うま》くなるのであればたまにはいいかもしれない。

「——おや、ようやく来たね、りんたろーくん」

「ん？」

いつの間にか、吹き抜けになっている二階からミアが俺たちを見下ろしていた。

彼女はそのまま一階へ下りてくると、冷蔵庫に向かって俺の飲んでいる物と同じ水を取り出す。

「お前も寝起きか？」

「まあね。昨日まで炎天下でずっと撮影だったから、意外と疲れていたみたいでさ」

「あー……じゃあそいつは悪かったな」

この謝罪は、玲《れい》へ向けたものだった。

朝に強くない彼女としては、突然起こされたのはかなりしんどかったことだろう。

「ううん。凛太郎にここまで歩かせたのは私の責任。無理矢理にでもタクシーに乗せたらよかった」

「体力が有り余ってる高校生男子にそこまでのサポートは必要ねぇよ。気にすんな」

よし、強がるくらいの余力は戻ってきたな。

「そんで、カノンは？」

「ああ、あの子なら――――」

ミアが二階を指差す。

するとどこからか扉の開く音がして、吹き抜けの手すりの向こうに赤い髪の生えた頭が半分ほど見えた。

「んー……何？　騒がしいんだけど……」

「カノン、凛太郎が来た」

「んあ？　ようやく？」

階段から、髪を下ろしたカノンが下りてくる。

ステージの上ではツインテールがトレードマークになる彼女が髪を下ろしていると、やはりいつもよりも大人っぽく見えるものだ。

しかし、一つ問題がある。

彼女はおそらく寝間着であろうキャミソールを着ているのだが、肩紐《かたひも》がズレて胸が見えてしまいそうになっていた。

正直興味がない――――と言うのはさすがに嘘《うそ》だが、嘘だからこそ俺は黙ってカノンに背を向ける。

「ん……何？　何で顔を逸《そ》らすのよ」

「カノン、乳○見えそう」

「へ？」

　玲、はっきり言い過ぎです。

「り、りんたろーの馬鹿！　変態！」

「謝らんぞ。俺が来るって分かっていてその格好で出てきたのはお前だ」

「それは正論！　ごめんなさいね！」

　急いで二階へ戻っていく足音がする。

　こういう素直なところは、やはり彼女のいいところだ。

　ラブコメよろしく理不尽に殴られるようなことがなくて一安心である。

「そうだ、りんたろーくん。実はボクらまだ朝ご飯を食べていなくてね」

「今起きたならそりゃそうだろうな」

「できることなら朝食兼昼食を作ってほしいなーって思うんだけれども」

「ほう？」

　俺は横目で玲に視線を送る。すると彼女も一つ頷《うなず》き、ミアに同意を示した。

「撮影が始まってからしばらく凛太郎《りんたろう》のご飯を食べてなかったから、そろそろ恋しくなっていた。……頼める？」

「そう言ってもらえて悪い気はしねぇな。食材はあるのか？」

「冷蔵庫にたくさん詰まってる。ＢＢＱ用の肉とかが多いけど……」

ＢＢＱもできるのか。後で用意してやろうかな。

とりあえず冷蔵庫を開けてみれば、確かに様々な食材が詰まっていた。

野菜やら肉やらは一通り揃《そろ》っており、調味料に関しては大味な物が多いが、とてつもなく手の込んだ料理を作ろうとしない限りは何の不便もないだろう。

「んじゃ塩焼きそばでも作るかな」

とりあえずはサッと作れる物で済まさせてもらうとしよう。

適当に豚肉やネギ、キャベツを手に取り、おそらくはＢＢＱ用の麺をその上に積んだ。

俺は綻ぶ顔を見られないように、いそいそとキッチンへと向かう。

このコテージに備え付けられているのがいわゆる〝アイランドキッチン〟という物であると確認してから、実は試してみたくてたまらなかったのだ。

ごま油を引いたフライパンの上に四人分の麺をぶちまけ、一口大に切った野菜と肉と一緒に炒《いた》める。塩胡椒《こしょう》、少量のニンニクと醬油《しょうゆ》で味をつけ、とりあえずは完成。

いつもならここに付け合わせの一つでも考えるのだが、ここまで来るだけでずいぶんと体力を使ってしまったため、こういう部分で少しサボらせてもらおう。

それにしても――――悪くないな、アイランドキッチン。

ガスコンロではなくＩＨであったため勝手がずいぶんと違ったが、慣れてみると調整がしやすくて大変便利だ。

それに加えて、新しい家のキッチンよりもだいぶ広い。

やはり動きやすいのは正義ということか。

「あれ、いい匂い。りんたろーがご飯作ってるの？」

「おう。もうできたから、さっさとテーブルに座れ」

「でかしたわ！」

Tシャツに短パンという姿で現れたカノンが、階段の途中から飛び降りる。

ずいぶんと高さがあったのにそれを意に介していない様子を見ると、やはり並外れた身体能力だなと再認識させられる。

「相変わらずりんたろーくんはササっと作るね……ボクじゃ到底真似《まね》できないよ」

「こんなもん世の中の専業主婦の皆さんに比べればまだまだだぞ。俺はまだ修行中だ」

分かりにくいかもしれないが、世の中の主婦と主夫は本当に毎日素晴らしい仕事をしている。いつまでも俺はそんな先人たちを尊敬し続けているのだ。

「逆に言えば、俺にはお前らみたいなことはできないしな。これもまたお相子ってやつだ」

「ふむ、それもそうだね」

「とりあえず食え。量は少ないが、寝起きのお前たちのためを思ってのことだ。文句言うなよ。代わりに夕飯ははち切れんばかりに食わせてやるから」

テーブルにできたての焼きそばを並べ、俺たちは食事を始めた。

ひと玉程度の麺ではやはり彼女らにとっては大した量ではなかったらしく、一瞬にして皿の上から消えてしまう。

その分夕飯はＢＢＱにして、たらふく食わせてやろう。

「「「ごちそうさま」」」

「あい、お粗末様」

声を揃えて告げた彼女らの皿を重ね、自分の分と共に流しへと持っていった。

そのまま洗い物を始めた俺の隣に、何故《なぜ》か玲がやってくる。

「凛太郎」

「んだよ？」

「この後海で遊ぶから、着替えて外に集合してほしい」

「……早速か」

時刻は十三時。確かに海に入るならもってこいの時間だろう。

相変わらず外は暑そうだ。

「昨日まで撮影で使っていた水着、そのままもらった。この前のお風呂の時とは違うから、期待しててほしい」

「……おう」

淡白に思うことなかれ。ここで「おう！　期待してるぜ！」とは言えないだろ。照れるわ。

「おや、そういうことならボクも自信あるよ。衣装のプロに選んでもらった水着だからね」

「あたしだってとびっきり可愛《かわい》いやつを選んでもらったんだから！　期待していいわよ！　りんたろー！」

そう言って上の階に着替えに行く二人。

そしてそれについて玲も上がって行ってしまう。

取り残された俺は洗い物を終え、一人ため息をついた。

一体いくら払えば、こんな鼻血モノのシチュエーションを楽しめるのだろうか。トップアイドル三人の水着姿に囲まれる――もはや俺のような一般人には手に余る状況である。

嫌というより、幸せというより、荷が重い。

ファンに見つかったら総叩《そうだた》きに遭うんだろうなぁ。そう思うと、もはや寒気がする。

「……ま、だったらなおさら今を楽しんでおくか」

どうせ人生における泡沫《うたかた》のような時間なのだ。せっかくなら謳歌《おうか》してやろう。

一足先に着替えを終え、サンダルを履いて砂浜へ向かう。

海パン一丁になっても、暑いものは暑い。

じりじりと肌が焼けていく感覚をひしひしと感じながら、俺は海へと目を向けた。

「……何年ぶりだ？」

映像や画像以外で海を見たのは、本当に十年ぶり――下手したらそれ以上だ。

そもそもいつ見たのかすら覚えていない時点で、遠い昔の話ということは理解してもらえるだろう。

うん、改めて目の当たりにすると、年甲斐《としがい》もなく気持ちが昂《たかぶ》ってきた。

水自体も比較的綺麗《きれい》で、波も静か。泳ぐにはもってこいのシチュエーションだろう。

ともあれ、ここで彼女らを待っているわけだが、すでにもう少し家の中にいればよかったと後悔し始めた。

汗が止まらん。

このままではまずいと思った俺は、家の中で準備してきたクーラーボックスを開く。

柿原《かきはら》たちとのプールの時も気を付けていたが、水中では自分が水分を失っていることに気づきにくい。

だからこうしていつでも飲める位置に水分を用意しておく必要がある。こんな人気《ひとけ》のないところで体調を崩すのはかなりまずいからな。

「……ん」

水を飲みながら待っていると、コテージの方角から足音が聞こえてくる。

振り返れば、そこには三人の女神が立っていた。

「りんたろーくん、お待たせ」

そう言って手を振ったのは、黒い水着を身に纏《まと》ったミア。

胸を支えるための左右の布同士を靴紐《くつひも》のように同じ色の紐が繋《つな》いでおり、下の水着に関しても左右の腰の部分を同じく紐が繋ぎ合わせていた。

いわゆるレースアップというやつだろう。

紐で繋がれた部分の下には当然布がなく、鮮やかな肌色が露出していた。

それによって、布面積が多い印象を受けるのにセクシーさを一切欠いていない。

そしてそんな硬い印象を抱く黒い水着を着こなせるのは、ひとえにミアのプロポーションのおかげだろう。

大きさだけで言えば玲《れい》にほんのわずかに劣るが、ミアの胸元はしっかりとした主張を持っていた。

ちょうど谷間に橋をかけるかのように布を引っ張り合っている紐が、言葉を選ばずに言うのであれば〝エロい〟。

「ふっふっふ……！　存分に見惚《みと》れていいわよ！　あたしの水着に！」

腰に手を当てて胸を張るカノンは、これまた彼女自身の魅力を大いに引き出す水着を着ていた。

オフショルダーと同じように肩紐がないタイプの水着で、下から支えるタイプの水着と違い、横から胸を中心に寄せる形で支えている。

確か名称は、バンドゥビキニだったかな？

正直もうここまで来ると俺の知識では曖昧だ。

すらりと伸びる引き締まった足は何とも健康的で、自然と視線が惹《ひ》きつけられる。

カノンの特徴である明るく跳び回るイメージと、本来は共存しにくいであろう女子らしさが見事にマッチしていた。

「凛太郎……どう？」

そして最後の一人――――。

玲はこの前の黒とは正反対の、白い水着を着ていた。

そんな布の中に細かい水色の刺繍《ししゅう》がほどこされており、それが鮮やかなアクセントとして機能している。

水着の形は、もっとも一般的に思い浮かべられるスタンダードなビキニ。

三角の布が豊満な胸を支えており、綺麗な谷間を強調している。

面積の少なさで言えば、カノンとわずかの差で玲が一番だ。

故に、彼女の白い肌が遺憾なく晒《さら》されている。

その白さはもはや人ならざる者——ファンタジー世界などにおけるエルフを想起させる。

まあ、実物なんて見たことねぇけど。例えるならの話だ。

「お前ら……俺に一生分の運を使わせる気か？」

「んー？　それは誉《ほ》め言葉かな？」

「俺の中ではな。どれだけ徳を積んだらお前らみたいな美女三人と海に来られるんだよ……って思ってる。似合ってるよ」

「お……う、うん。何かそんなにストレートに言われると……その、うん」

ミアはガッツリと褒められ過ぎるとキャパオーバーを起こすタイプか。

それと対照的なのは、ニヤニヤとした表情を浮かべる赤いツインテール娘。

「あら！　あらあらあら！　もしかして今日ばかりは本気で見惚れちゃったー!?　もしかして水着フェチかしら！　それならもっと近くで見てもいいのよ？　いいのよ？」

「発言が婆《ばば》臭いんだよなぁ……」

「はぁぁあああ!?　ぴちぴちのＪＫなんですけどぉぉぉぉ!?」

ぴちぴちとか言っちゃうところがまた古臭いんだよなぁ。

玲もミアも頷《うなず》いているところを見ると、二人とも同意見らしい。

「はー！　何よあんたたちまで！　もういいわ！　それよりもりんたろー、あんたにお願いがあるの」

「何だよ、藪《やぶ》から棒《ぼう》に」

「これ、何か分かるわよね？」

そう言ってカノンが俺に何かを手渡す。

お肌の味方、日焼け止めだ。

酷《ひど》い日焼けは痛いだけだし、俺も念のため肌に塗り込んでいる。

「そりゃ分かるけど、これがどうしたんだ？」

「塗って」

「は？」

「だーかーらー！　あたしらに塗ってって言ってるの！」

カノンの言っていることが理解できず、俺の頭はしばしフリーズする。

俺にアイドルの生肌に触れと申すか？

「なーにほざいてんだお前ぶっ飛ばすぞ」

「ここに来て暴力!?　顔は駄目だからね！」

「どこも殴らんわ舐《な》めんじゃねぇ！　誰よりもお前らの体を心配してるのが俺じゃボケナスが！」

「暴言の中に優しさを交ぜるんじゃないわよ！」

――さて、ひとしきり大声を出したことで混乱は収まった。

ここからは冷静に会話しよう。

「なあ、お前たち。この常識知らずが何を言っているか翻訳してくれないか？」

「え、もしかして常識知らずってあたしのこと？」

「他に誰がいるんだよ。男に日焼け止めを塗らせるなって保健体育で習わなかったか？」

「そこまでピンポイントに習ったことはないわよ！」

どういう形であれ、それこそ命の危機でもない限り、恋人でもない男に肌を触らせるなんていかがなものかと思う。

そう、俺はめちゃくちゃピュアなのだ。

この事態をあっさり受け入れたら、運を使い果たして明日死ぬ気がするだなんて決して思っていない。

俺はどこまでもカノンたちを心配しているのだ。本当だよ？

そんな俺とカノンのやり取りを笑って見ていたミアが、観念した様子で口を開く。

「まあまあ、あまりカノンを責めないでやっておくれ。この話はボクらも乗っかっているんだ」

「は？　お前らもしかして俺を植物かなんかと勘違いしていないか？」

「植物に匹敵するくらいには手を出してこないなーって思っているけどね。一応これでもトップアイドルだなんて言われてるのに、ちょっと自信なくすなーって」

「俺は筋が通っていないいなら絶対に手を出さない人間だ。むしろ男らしいと言ってもらいたいね」

「それならむしろ安心だ。やましい気持ちなく日焼け止めを塗ってもらえるね」

「む……」

あれ、上手《うま》く口車に乗せられている気がするなぁ。

「別に全員分とは言わないよ。一人だけ選んで塗ってくれればいいんだ」

「はぁ……別にお前らで塗り合えばよくないか？」

「ここで君が選んだ人間が、今夜は君と同じ部屋で寝ることになる」

「地獄かな？」

何だその究極の選択は――――。

さっき一通りコテージの中を散策させてもらったのだが、二階には寝室用の部屋が二つあるだけだった。

中にはベッドが二つ。つまり一つの部屋では二人しか寝ることができない。

日焼け止めを塗る段階ですら苦悩することが分かりきっているのに、その先にもう一段階あるだなんて、褒美を通り越してもはやお仕置きだ。

「地獄なんて人聞きが悪いわねぇ。こんな美少女たちと同じ部屋で眠れるなんて、むしろ感謝してほしいくらいなんだけど？」

「できねぇよ。つーかそもそもの話、それをやってお前らのメリットは？　俺がリビングのソファーで寝ることよりもメリットがあるのであればぜひ教えてくれ」

「え？　女として自信が持てるとか？」

「よーしよく分かった。お前ら面白半分で始めたな？」

俺の問いかけに、三人は同時に頷く。

ああ、なるほど。俺はからかわれているわけだ。

こうなったらとことん乗っかってやろうじゃねぇか。

「……分かった。じゃあ一人選べばいいんだな？」

「な、何よ、急に乗り気になって」

「カノン、こっちに来い」

「へ!?」

俺はカノンの腕を摑《つか》み、そのまま砂浜の中央に設置されたパラソルの下へと向かう。

パラソルの下には休憩用のマットが敷いてあり、いつでも座って休めるようになっていた。俺はそこにカノンをうつぶせで寝かせる。

「ちょ、ちょっと待って!?　あたしなの!?　本当に!?」

「おうよ。ちゃんと塗ってやるから覚悟しろよ」

「待って!?　ドキドキしてるから！　今すんごいドキドキしてるから！――ひゃっ!?」

　カノンの背中に、日焼け止めクリームを垂らす。

　そして両手にも多めにクリームを出すと、丁寧に手の中ですり合わせた。

「凛太郎……」

「ん、何だよ玲」

「カノンと一緒に、寝たいの……？」

　苦しそうな、切なそうな表情でそう問いかけてくる玲に、視線を向ける。

　俺は一つため息を吐《つ》くと、クリームでぬるぬるしている手で玲を手招きした。

「玲、来い。ミアもだ」

「え、ボクもかい？」

　警戒もせずに近づいてくる二人を、カノンを挟む形で両脇に立たせる。

　これで準備は整った。

「――――ん？　何か嫌な予感がするんですけど？」

カノンの言葉を無視し、俺はそっとその背中に足を乗せる。

そして左右の手をそれぞれ、玲《れい》とミアの背中に当てた。

「じゃ、始めるぞ」

ぬりぬり、ぬりぬりと。

右足と両手を器用に動かしながら、三人同時に日焼け止めを塗りつけていく。

しばらくの沈黙。

やがて口を開いたのは、絶賛背中を踏みつけられているカノンだった。

「――――な、何よこの仕打ち!?　アイドルを足蹴にするってどういうつもり!?」

「俺が選んだやつが俺と相部屋になるんだろ？　だから三人とも選んだんだよ。お前らのうち二人くらいなら同じベッドで眠れるだろうし、そうすれば二つで足りる。俺は地べたで寝るから万事解決だ」

「だとしても何であたしだけ踏みつけられてるわけ!?　いじめ!?　いじめなの!?」

「うるせぇな。お前だけ選ばなかったことにして一人部屋にするぞ」

「これいじめだぁー！　あたしのトキメキ返せ！」

少しはときめいたのか。可愛《かわい》いところもあるじゃないか。

とは言え、俺には女を踏みつけるような趣味はない。

ある程度パフォーマンスが済んだタイミングで、俺は足を退《ど》けた。

「あーあ、これはルールの穴を突かれちゃったね。まありんたろーくんらしいって感じかな」

「悪いな。からかわれっぱなしは性に合わねぇんだよ」

「……実は、からかい百パーセントってわけじゃなかったんだよね」

「え？」

ミアの視線が、玲に向けられる。

そしてそんな彼女は、どことなくホッとした様子で俺を見ていた。

「私は凛太郎と同じ部屋になりたかったよ？」

「……さいですか」

相変わらずこいつは人を照れさせるようなことを平然と言ってのける。

そこに痺《しび》れもしないし憧れもしないが、言われる側としては気が気ではない。

守ってきた自分のペースが一瞬にして砕かれてしまうのは、良くも悪くも復活に時間がかかる。

「ほら、イチャイチャしてないでさ、とりあえず最後まで塗ってくれないかい？　中途半端に塗られたんじゃ不完全燃焼だよ」

「……もう俺がやる必要なくないか？」

「一度は手をつけておいて何を言っているのさ。最後まで責任を取ってほしいな」

誤解を招くようなこと言いやがって。ミアもそれが分かっているから、さっきからずっとニヤニヤしているのだろう。本当に食えない奴《やつ》だ。

――――仕方ない。

一度手をつけた云々《うんぬん》は置いておくとして、日焼け止めを手のひらで馴染《なじ》ませた以上は使い切らねば勿体《もったい》ない。

「分かったよ。背中だけは塗ってやる」

「痛くしないでね？」

「お前本当にやめとけよ？」

いつまでもニヤニヤとからかってくるミアに真顔を向けつつ、俺はとりあえず寝そべったままのカノンから塗り切ることにした。

もうすでにだいぶ疲れてきたが、これからまだ夜もある。

そう思えば思うほどに、楽しみよりも若干恐怖が勝ちつつあった。

ともかく塗れとのことだが――――。

「んじゃカノンからやるわ」

俺はいまだに寝そべったままのカノンの側《そば》に膝をつくと、今度は足ではなく手を乗せる。

最初に彼女から手を付けるのは、足蹴にしてしまったことへの若干の罪悪感も関わっていた。

口にしたら弱みを握ったとばかりに調子に乗るだろうから口にはしないけれど。

「あっ、冷た」

「我慢しろ」

少し足りなかったため、新しく日焼け止めを少し出してからカノンの背中に塗り込んでいく。

ニキビ一つない綺麗《きれい》な背中だ。

何を食ってどう生活したらこんな綺麗なまま保てるのだろうか。

「へー……あんた上手いじゃない」

「日焼け止め塗るのに上手いも下手もあるか」

「手つきの問題よ。……ま、やってる側は分からないだろうからいいわ」

「？」

よく分からないが、嫌悪感を抱かれていないならそれに越したことはない。

全体的に塗り終わったカノンは礼を言って立ち上がり、俺に背を向ける形で前面にも塗り始める。

代わりに寝そべったのは、ミアだった。

「じゃあ次はボクを頼むよ」

「はいはい」

カノンもそうだったが、意外と背筋もしっかりしてるんだな――――なんて思いながら、同じように日焼け止めを塗り込む。

まずは肩甲骨周り。そこから徐々に腰の辺りまで下がっていくのだが。

「あんっ」

「……」

「んっ……そこはだめだって……りんたろーくん……」

脇腹の近くを触った時に、ミアは何故《なぜ》か悩ましい声を上げた。

やめてくれ。こっちは反応しないように意識を遠い世界に飛ばしているんだから。

「りんたろーくん……上手だね」

「お前も足で十分そうだな」

「待って待って！　悪かったよ！」

立ち上がって足を乗せようとすると、ミアは苦笑いしながら慌てて止めてくる。

分かればいいんだよ。分かればな。

「むぅ……意外と手強《てごわ》いね、君」

「これに懲りたら雑にからかうのはやめとけよ」

「それは嫌だね。困っている君の顔は意外と面白いんだよ？」

さすがは魔王。俺の苦しみすら楽しんでやがる。

「まあ今はこの辺りでやめておこうかな。お姫様がお怒りみたいだからね」

「え？」

ふと玲を見てみれば、彼女はふくれ顔で俺たちを見ていた。

ああ、確かにこいつは急ぐ必要がありそうだ。

「ふぅ、ありがとう。ほら、玲。代わるよ」

「……うん」

ミアが退き、代わりに玲が寝そべる。

「凛太郎《りんたろう》、お願い」

「……おう」

いや、何だろう。

ここまで好意を剝《む》き出しにされていると、さすがに強く保っていた心も揺れてしまうわけで。

それに加えて玲の素肌を見ると、あの時の風呂場での出来事を思い出して頬が熱くなる。

駄目だ、ここで反応したら人生が終わる――――。

俺は目を閉じて、彼女の背中に触れた。

「んっ……もう少し強く塗り込んで？」

「ぶッ！」

あぶねぇ、鼻血噴き出すところだった。

ミアと違ってこいつの場合は天然で悩ましい声を出していることが分かるから、下手に注意できない。

分かってはいたことだが、俺が対面した中で一番ペースを崩してくるのは間違いなくこいつだ。それを天然でやらかすから質《たち》が悪いのだ。

「んっ……あっ」

「玲……もう少し声を抑えてくれ」

「だ、だって……りんたろぅ……くすぐっ、たい」

もはや殺人兵器だろ、こいつ。

理性と欲求が体の中で暴れまわっている。

頑張れ頑張れ凛太郎。お前はやればできるはずだ。厄介な欲の化物を強い理性で抑えつけろ。

「あっ、そこっ……だめ」

「────っ！」

うむ、限界だ。

俺は縋《すが》るような視線を、カノンの方へと向ける。

「あたしの助けが必要みたいね」

「ああ……頼む」

「歯ァ食いしばりなさい」

大きく振りかぶったカノンの拳が、頬にめり込む。

今はこの痛みさえもありがたい。

ジンジンと頬が痛むおかげで、俺の中の欲は一時撤退していった。

「ありがとう、助かった」

「いいのよ。困った時はお互い様よね」

カノンとはいずれいい親友になれるかもしれないな。

声がでかいのが玉《たま》に瑕《きず》だけど。

「なるほど……あんな感じで声を出せばりんたろーくんは興奮する、と」

「お前も大概ろくなこと考えてねぇな」

ミアにツッコミを入れつつ、俺は玲の背中を塗り切る。

ふう、ようやく終わった。

塗り切ったことを伝えるため背中をポンポンと叩《たた》くと、玲は少し息を乱した様子で立ち上がる。

何か一々色っぽいんだよなぁ。

「ありがとう、凛太郎。気持ちよかった」

俺とカノンが同時に噴き出し、さすがのミアも口元を押さえて笑いを堪《こら》えている。

俺たちの反応の意味が分かっていないのは、玲本人《れい》だけだった。

「と、とりあえず塗り終わったし、お前ら泳ぐのか？」

「ううん、まだ。凛太郎が塗り終わってない」

「いや俺は自分でやった――――」

言葉を遮るように、ガシっと左右の腕をミアとカノンに摑《つか》まれる。

何事かと呆気《あっけ》に取られていると、俺はさっきまで玲が寝そべっていたマットの上にうつぶせで押し倒されていた。

「まあまあ、もっかいくらい塗っとかないと後が怖いわよ？」

「そうだよ。ボクらも塗ってもらうだけじゃ申し訳ないからね。お返しにちゃんと隅々まで塗ってあげるよ」

この場から逃れるために藻掻《もが》くが、普段から運動に運動を重ねているような彼女らには敵《かな》わず。体勢が悪いという要素込みでも若干のショックを受けていると、俺の体にまたがるようにして玲が上から乗ってきた。

もう駄目だ、逃げられない。

「凛太郎、じっとしてて」

「や、やめ――――」

背中に、ぞわぞわという快感が駆け抜けた。

「……ひどい目に遭った」

「最高の間違いじゃない？　アイドル三人に体を触られまくったのよ？」

「俺はもっと体を大事にしたいんだよ」

「それ男側のセリフじゃないから」

結局満遍なく日焼け止めを塗られてしまった俺は、パラソルの下でぐったりと横たわっていた。

まだ海に入ってすらいないのに、立ち上がるのが億劫《おっくう》になるくらい疲れている。

対する元凶三人組はぴんぴんしており、被害者と加害者の差が如実に表面化していた。

そんな中でも、こいつは俺に手を差し伸べてくるわけで――。

「凛太郎、行こう？」

「……おう」

そして俺は、こいつの誘いを断れないわけで。

玲の手を取り、立ち上がる。

向かう先は、真っ青な海だ。

水に足首まで浸《つ》かれば、血管が冷やされて体温自体が下がっていくような心地よさを感じる。

「こいつはいいなぁ……」

「凛太郎？」

「ん？　ぶっ!?」

呼ばれた方向に顔を向ければ、その瞬間に顔面に水をかけられた。

途端に口の中が塩辛くなり、ぺっぺっと水を吐き出す。

「何すんだよ!?」

「悔しかったら、やり返せばいい」

「おいおい、俺がそんなガキ臭いこと――」

――いや、こういう時だからこそか。

俺たち以外に誰もいないこんな場所で、大人ぶっている方がアホらしいのかもしれない。

せっかくあの玲が盛り上げようとしてくれているんだ。楽しまにゃ損だろう。

「分かったよ。日々の洗い物で鍛えた水捌《さば》きを見せてやる」

「それ多分関係な――わっ」

「隙あり！」

水をすくい上げ、玲の体にかけてやる。

俺が乗り気になったことで笑みを深めた彼女は、対抗するように水をかけてきた。

「もー！　だからイチャイチャすんなっての！」

「ボクらも交ぜてくれないとね」

バシャバシャと水をかき分けながら、カノンとミアも参入してくる。

高校生四人が年甲斐《としがい》もなくわーわーきゃーきゃーと水合戦。

本来なら眺めているだけでも恥ずかしくなるような光景だが、そんなことは振り切ってはしゃいでみれば、これが意外と悪くない。

「日頃の恨みよ！　玲！　食らいなさい！」

「あっ……」

カノンに水をかけられそうになった玲が、それを何とかかわそうとする。

そのかわした先にいたのは、俺だった。

衝撃で足を砂に取られた俺は、そのまま彼女と共に水の中に落ちる。

ひんやりと冷たい青い水の中に、玲の金色の髪が揺れていた。

その美しさに感嘆した俺の口元から、無数の泡が逃げていく。

何だよ。夏も案外悪くないな。

「ビーチバレーするわよ！」

海から上がって水分補給をしている俺たちに、カノンが突然そう告げる。

その手にはボールが握られており、彼女は楽しげにそれを天に掲げた。

「四人でラリーして、落とした奴《やつ》は三人の言うこと一つずつ聞く！」

「勝手に決めんなよ……」

「え、何？　逃げるの？」

小馬鹿にしたようにニヤニヤと笑うカノンを前にして、俺の額には青筋が浮かんでいたことだろう。しかし海ではしゃぎ回っているとは言え、大人になるべきところはならなければならない。

つまるところ、俺はこんな挑発には乗らないということだ――――。

「上等だ。やってやるよ」

――――などという思考はすべて、このセリフを言った後に頭に過《よ》ぎったものである。

すでに俺は勝負に乗ってしまった。後戻りは許されない。

もうちょっと後悔してるけど。

「そうこなくちゃ。あんたたちもやるでしょ？」

「もちろん。こんな面白そうなことに参加しないわけがないよ」

そう告げたミアの隣で、玲も頷《うなず》く。

こうして俺たちの砂浜デスマッチが開催されることになった。

カノンはまず水辺から少し離れたところまで移動すると、落ちていた枝で砂浜に大きな円を描く。

「ボールを落とした奴が負けってルールだと、とにかく遠くまで打って到底追いつけないところまで飛ばしちゃえばいいって話になるでしょ？　だからこの円の外にノータッチでボールが落ちた場合は、最後に触った人のミスってことにするわ」

「なるほど、それならすぐにゲームが終わるってことはなさそうだな」

「そんで残機は二つ！　取りこぼすか、今言ったように円の外に打ってしまって残機がゼロになったら負けよ。あと同じ人が二回連続でボールに触っても残機は減るわ」

即興のゲームにしてはルールがしっかりしている。

罰ゲームさえかかっていなければさぞ楽しいゲームになっただろうな。

「ねぇ、睨《にら》めっこが起きたらどうするの？」

玲の質問はもっともな話だった。

丁度人と人の間にボールが落ちた場合、お互いが押し付け合って打ち返さない可能性がある。それではどっちのミスか分からない。

「睨めっこが起きた時は、両方のミスにするわ。落としたくないなら声を掛け合うことね。それと自分が取るって言ってわざと取らないような真似《まね》もミスに数えるから」

「なるほど、分かった」

これまたいいルールだ。

このルールであれば睨めっこはまず起きないだろう。

宣言フェイントを禁止したこともいい判断だ。

例えば俺が残機を二つ残していて、玲が一つ削れた状態の時、俺と彼女の間に落ちようとしているボールを「俺が取る」と言って相手の行動を阻害してしまえば、睨めっこ状態のルールに基づき二人とも残機を一つずつ失って自動的に残機を残していた俺の勝利となる。

これでゲームが終わっても、何だか味気ない。

「罰ゲームで命令する内容って、何でもいいのかな？」

「まあ常識の範囲内ならいいんじゃない？　それを履き違えるあんたらじゃないでしょ」

まあそりゃそうだ。本気で嫌がるような命令を投げる気はない。

せいぜいちょっと恥ずかしがらせる程度だ。

「じゃ、各々位置につきなさい」

罰ゲームがあるという独特の緊張感を覚えながら、俺は描かれたリングの中へと足を踏み入れる。

入ってみると、外から見た時よりは広く感じた。

ゲームの攻略法など大それたものはないが、大事なのは如何《いか》に際どいところにボールを落とせるかだと思う。欲を言うのであれば、ラインギリギリがベスト。外に出るか出ないか判別しにくいところにボールが行けば、相手の頭に迷いを生み出せる。そこでミスを誘えればこっちのものだ。

ただ――――。

（……やったことねぇんだよなぁ）

バレーボール自体を学校の授業以外でやった覚えがない。トスやらレシーブやら、やり方自体は分かる。ただボールを体で弾《はじ》くという感覚が分からなければ、これ以上は何とも言えない。

「ルールは問題ないと思うけど、念のため確認してみたいし一回練習するわよ。ここで落としても残機は減らないからね」

カノンがそう告げたことで、俺は安堵《あんど》した。

よかった。これでボールの感覚を覚えられる。

練習のため、俺たちは何度かボールを打ち合った。

やはりジャストミートすることは難しく、何度か変な打ち方をして転がしてしまったが、それも繰り返すうちに少しはマシになる。

まあ集中さえ欠かなければ、無様に打ち損じるようなことはないはずだ。

「それじゃ、そろそろ本番行くわよ！」

いよいよか。

リングの中に走ったのは、独特の緊張感。

ボールを浮かせたカノンは、そのまま指先で空に押し上げるようにトスを上げる。

ゆるやかな回転のかかったボールは、ゆっくりと俺の下に落ちてきた。

（うん……これくらいなら）

俺はよくバレーボールで見る突き出した手の先で指を組み合わせる基本的なレシーブの構えを取り、ボールを高く打ち上げた。

ある程度の高さまで上がったボールが自由落下を開始した場所は、ちょうど玲《れい》とミアの間である。我ながら絶妙なところに落とせたな。

「レイ！　ボクが行く！」

「っ！」

ボールの下に潜ろうとしていた玲が足を止め、代わりにミアがボールの落下地点に陣取る。そして最初のカノンと同じように、指先でトスを上げた。

トスの上がった先には、たった今足を止めた玲がいる。

「ん、絶好球」

そうぼそりとこぼした玲は高く跳び上がると、体を後ろ向きに弓なりに反らした。

その動きを見て、俺はいつかの光景を思い出す。

あれは確か、夏休み前。体育の授業の時のこと。

ネットよりも高く跳び上がった玲が相手コートに強烈なスパイクを叩《たた》き込む姿を、俺は壁に寄りかかりながら見ていた。

まずい――――。

思った時にはすでに遅し。

彼女の手によって弾き出されたボールは、恐るべき勢いを持って俺へと向かってくる。

俺の考えが甘かった。スパイクしちゃいけないなんてルールはどこにもない。これも立派な超攻撃的な戦略だ。

「くっ……」

何はともあれレシーブしなければならない。

幸い本来のバレーボールに使われるボールと違い、少し大きくて柔らかいボールだ。これなら腕で受け止めても大したダメージはない。

――――そのはずなのに。

「なん……だと……？」

ボールを受け止めた腕が、みしりと音を立てる。

俺は衝撃を殺すためにさらに膝を曲げ、体のバネを使って威力を弱めることに努めた。

しかしそれでも、ボールの勢いは止まらない。

ボンと重い音が響き、ボールは勢いよくリング外へと飛んでいってしまう。

転々と転がるそのボールを見て、俺はあんぐりと口を開けた。

「マジかよ……」

「レイ！　でかしたわ！」

カノンからの称賛を受け、玲は得意げに鼻を鳴らす。

「凛太郎《りんたろう》、これで残機は残り一」

「てめぇ……」

今分かった。

玲の野郎、俺を狙い撃ちする気だな？

どうやらどうしても俺に言うことを聞かせたいらしい。

「凛太郎への命令権、欲しい。だから私はあなたを狙う」

「上等だよ。やってみやがれってんだ」

ここまで宣戦布告されて、男として黙っているわけにはいかない。

有利なのは俺だ。

玲は俺を負けさせたいのに対し、俺は自分が負けなければそれでいい。

バトルロワイアルのこの現状で、特定の一人を狙うのは難しいはずだ。

（玲が拘《こだわ》ってくれている限り、この勝負は勝てる……！）

その確信の下、俺は落ちてしまったボールを拾い上げた。

「再スタートはミスった奴からでいいよな？」

「そうね。問題ないわ」

「よし」

俺はボールを手の中でしゅるしゅると回しながら、冷静に考える。

まず玲にスパイクを打たれたら簡単には受け止められない。仮に受けられたとしても、きっとボールはリング外へと出てしまうだろう。それでは俺の負けになる。

ならばもう戦略は一つ。

玲のところに低いボールを出す。これだけだ。

俺はボールを浮かせ、指先で軽くトスを上げる。

本来の競技の中だったら間違いなく非難される高さのトスは、真《ま》っ直《す》ぐ玲の下へと向かっていった。

「うっ……」

思った通り、玲はスパイクを打てない。

レシーブの構えを取り、彼女は腕でボールを高く弾く。高さがあると分かりにくいが、間違いなくリング内には入っていた。

それを追いかけるのは、一番近くにいたカノンである。

「りんたろー狙い……悪くないじゃない！　瀕死《ひんし》のやつを狙うのは基本よね！」

「はぁ!?」

とんでもないことを口走った彼女は、走りながら片腕でボールを弾いた。

再び宙を舞ったボールは、今度はミアの立っている場所へと落ちていく。

「まあ、ボクは自分の残機が減るまでは様子見かなっと」

軽いタッチでミアが浮かせたボールは、適当に放った割には的確にカノンの下へと戻っていく。

やばい、これじゃあいつにとってはただのスパイクチャンスだ。

「はっ！　いいトスありがと！」

そしてそれは俺にとっての大ピンチということになる。

玲があれだけのスパイクを放てるのであれば、他の二人にも近いことができるというのは想像に難くない。

勝てるだなんて一瞬でも思ったのが間違いだった。

体を大きく反らし、今まさに想像通りの強烈なスパイクが放たれようとしている。

彼女が狙う先には、間違いなく俺の体があった。

「これで終わりよ！　りんたろー！」

「あ。そう言えば、カノンの胸のサイズって確か――――」

「何を言っとるんじゃぁぁぁぁあぁぁぁあああ！　この馬鹿ミアがぁぁぁあ！」

予想だにしていなかった挑発を受けたカノンは、器用なことに空中で照準を変える。

方向は、もちろんミアの方。

派手な音と共に弾かれたそのボールは、顔面を吹き飛ばしかねない勢いで彼女へと向かっていった。

しかし――――。

「やっぱりカノンは扱いやすいね」

ミアはそのボールを軽く首を横に倒しただけで回避してしまう。

ボールの勢いは当然弱まらず、リングの外の砂に音を立てて叩きつけられた。

リング外にボールを落としてしまった、つまりはカノンのミスである。

「は、嵌《は》めたわね!?」

「人聞きの悪いことを言わないでくれよ。ボクはふとカノンのスリーサイズを思い出しただけだよ？」

「言わないでよ!?　絶対に言わないでよ!?」

「ん？　それはフリかい？　ならご期待に応えて、上から7――――」

「フリじゃないってぇぇぇぇぇぇええ！　やめて！　助けて！」

何故《なぜ》命乞いをしているのだろうか。

とりあえず頭を抱えて苦しむカノンは置いておいて、俺はミアへと視線を送る。

「挑発に乗らせる前提でライン際に立ってたのか……やるな」

「ふふっ。ゲームが早く終わってもつまらないからね。君もせいぜいボクの残機を減らせるように頑張っておくれよ」

「言うじゃねぇか。最終的には吠《ほ》え面《づら》かかせてやるからな」

ともかくカノンが挑発に弱くて助かった。

後は玲とミアがまだ残機を二つ残しているわけだが――それを減らすには、俺だけの力じゃどうにも突破口が見えてこない。

「りんたろー！　ここは協力してあげてもいいけど!?　ていうかしなさい！　あいつらを野放しにしちゃ駄目だわ！」

「丁度同じ提案をしようと思ってたところだ。頼むぜ、カノン」

「そっちこそいいトスを頼むわね！」

そう、一人で駄目なら、協力プレイだ。

俺たちは残機が一つしかない同士。ここで下手に争えば、睨《にら》めっこからの共倒れだってあり得る。

まずは玲とミアの残機を俺たちと同じにしなければならない。そうすることで、勝負はある意味振り出しだ。

「協力プレイって、アリ？」

「あたしがアリって言ったらアリなのよ！」

あまりの暴論と共に、カノンの手からボールが離れる。

向かう先は、同盟相手である俺のところ。

トスの上げやすい絶好の高さと速さだ。これならこっちからもいいところに返せる。

「行け！　カノン！」

さっきのミアの動きを参考にしたトスを上げる。

初めての割には、我ながらいいところに飛んだ。

「でかしたわ！」

砂を蹴って跳び上がったカノンは、さっきと同じように大きく体を反らして反動をつける。

彼女の体が向いている先にいるのは、ミアだ。

どうやら自分の胸のサイズをバラされそうになったのが尾を引いているらしい。

しかし、彼女はすぐにはスパイクを打たなかった。

「――――悪いわね、りんたろー」

そう口にすると共に、カノンは空中で体を捻《ひね》る。

「結局あたしが罰ゲームにならなきゃいいのよ！」

そしてしなりを利かせた腕で、俺に向かってスパイクを放った。

驚異的な跳躍力と体の柔らかさが生んだあり得ない姿勢からの強烈な一撃は、初見ではまず受けきれないだろう。

ただし、心構えができていれば話は別だ。

「予想通りだ、カノン」

俺は最初から裏切られる前提でトスを上げていた。どう考えてもあと一度のミスで負ける俺を狙った方が効率がいいのだから、そもそも協力するメリットなどないのだ。

いくら彼女のスパイクの威力が高かろうが、さすがに正しい姿勢から放たれたものよりは見劣りする。来ることさえ分かっていれば、俺でも返せるはずだ。

「はぁ!?　何よそれ!?」

「裏切り者には死を――――くらえ！」

腕の芯でスパイクを捉える。このまま真っ直ぐ弾《はじ》けば、カノンの足元に着弾するはずだ。

ただ、そう上手《うま》くもいかないわけで。

「ぐっ……」

さっきのスパイクよりも威力が低いはずなのに、俺の体は衝撃を殺しきれなかった。

おかしな方向に弾かれてしまったボールは、強い回転がかかったままあらぬ方向へと飛んでいく。

その方向は、奇《く》しくも玲《れい》とミアの丁度間の辺りだった。

「「私（ボク）が――――」」

あまりにもとっさのことで、二人とも同時に声を上げてしまう。

その結果両者の足が止まり、地面すれすれまで迫っていたボールはそのまま誰に邪魔されることもなく砂浜へと落ちた。

「……これって」

「あ……間に落ちたから、二人とも残機一つずつ消費！　でかしたわりんたろー！　これぞ協力プレイの賜物《たまもの》ね！」

「裏切った癖に」

「な、何のことかしら？」

ジト目で睨んでみれば、カノンはそっぽを向いて下手くそな口笛を吹き始める。

まあ許してやろう。結果的に一番厄介な二人の残機を減らせたのだから。

「んー、これはやられたね。あのタイミングはどっちが打つか判断できなかったよ」

「悔しい……」

ここからは誰が失敗しても敗者が決まってゲームが終わる。

玲もカノンもミスする可能性を考えて迂闊《うかつ》に強いスパイクは打てないだろう。

俺の方針は変わらない。

徹底的に防御して、三人のミスを待つ。

罰ゲームなんぞ受けてたまるかってんだ……！

「二人のミスだったし、再スタートはどっちからでもいいかな？」

「まあいいんじゃない？　双方で納得してれば」

「分かった。玲、どっちからがいい？」

ミアと玲は二人で話し合い、最終的にミアが打つことに決まった。

手の中でボールを遊ばせたミアは、俺たちの顔を順番に見定めていく。

「さてと、再スタートの時にスパイクを打っちゃいけないなんてルールはなかったよね？」

「お前……まさか」

「今からボクは任意の相手にボールを叩《たた》き込むことができるんだけど、それぞれ命乞いはあるかな？」

にっこりと黒い笑みを浮かべる彼女を前にして、俺たちは砂を擦るようにして一歩下がる。

正面から打たれたら、玲とカノンなら捌《さば》けても俺ではまず捌ききれない。

つまり俺だけは何としても標的から外れる必要がある。

「み、ミアに似合いそうって思った青い宝石のネックレスが駅前に売ってたのよねぇ……今度プレゼントしようかなぁなんて……えへへへ」

「ふむふむ、なるほどね」

ミアはニヤニヤとカノンの話を聞いている。

今になって、隣に立つ玲は後悔した顔をしていた。

「カノンが献上してくれる物は分かったよ。じゃあ、玲はどうかな？」

「……い、一緒に……辛い物を食べに行こう」

「おお！　いつもボクが気になるって言っても頑《かたく》なについてきてくれなかったのに……いいね、いい命乞いだ」

何だよ辛い物って。

そんなの俺がいくらでも作って――――そうだ、これだ。

「じゃあ最後にりんたろーくん。何か言い残すことはあるかい？」

「……一週間、玲とは別にお前に対しても飯を作る」

「――――なるほど、なるほどなるほど！　うん、決まったよ」

ミアがボールを高く放り投げる。

腕で勢いをつけた彼女は、強く踏み込んでその腕を振り上げた。

「ボクが狙うのは……君だ！」

玲にもカノンにも引けを取らないスパイクが放たれる。

そのボールの向かう先にいたのは――カノンだ。

「何であたし!?」

「ごめんカノン、そのネックレス自分で買っちゃった♪」

「ばかぁぁあぁああ！　ウッ！」

残念ながらカノンのレシーブは辛うじて間に合い、ボールはあらぬ方向へ弾かれる。

方向的には俺の方へと飛んできているように見えるが、この勢いならアウトになるはずだ。

勝利を確信し、俺は足を止める。

しかし、悲劇はその時起こった。

浜辺に強風が吹き荒れる。

本来のバレーで使われる物よりも大きくて柔らかいボールは、その勢いに押されて急激に速度を落とした。

その結果、外に出るはずだったボールの落下地点が円の中へとズレてしまう。

（まずい────ッ！）

ボールに一番近いのは俺だ。

このまま落ちれば俺のミス。それだけは何としても防がなければならない。

「届けぇぇえ！」

思わず叫びながら伸ばしたのは、足だった。

スライディングの要領でボールの下に潜り込んだ俺の足は、確かな衝撃と共にボールを撥《は》ね上げる。

（凌《しの》いだっ！）

しかし、俺という男の快進撃はここまで。

カノンがきちっと回転を殺して弾けなかったせいで、ボールにはまだ強い回転がかかっていた。

足から離れたボールは内側へは飛ばず、しゅるしゅると円の外の砂の上に落下する。

「や────やったやった！　あたしの運舐《な》めないでよね！」

「う、嘘《うそ》だろ……」

俺は目の前を転々と転がるボールを、ただ茫然《ぼうぜん》と見ていた。

自分が負けたこと、それだけは分かる。

そんな俺の肩を、誰かが叩いた。

「りんたろーくん、君の負けだね」

「……言われなくても分かるっつーの」

「さて、君へのお願いは何にしようかなー？」

立ち上がった俺を見て、ミアとカノンはにやにやと笑っている。

玲はそこまで露骨ではないが、手が明らかにガッツポーズの形になっていた。

どうやら味方は一人もいなそうだ。

「……お姫様方、願いをどうぞ」

「お姫様なんて気持ちのいいこと言ってくれるじゃないか。うーん、どうしようか、二人とも」

姫扱いしたら少しは願いが軽くならないだろうか？

そんな俺の腹の内を知る由もない三人は、こそこそと目の前で相談を始める。

逃げようかなぁ。その前に捕まりそうだけど。

「私は……今じゃなくていい。後に取っておきたい」

「お、そういうのもいいのかい？　りんたろーくん」

今すぐ命令されないのもそれはそれで怖いが――――玲が一番無難なお願い事をしてきそうなイメージがある。

後回しにできるのなら、それはそれで助かるかもしれない。

「別にいいよ。そのまま権利を忘れてくれりゃもっといいけどな」

「それはない。いつまでも覚えておく」

「……さいですか」

玲が覚えておくと言ったら、本当にずっと覚えていそうなんだよなぁ。

「それが許されるなら、あたしも今はいいわ。この場所じゃ特に思いつかないんだもの」

「……だね、ボクもそれで」

結局、誰も俺に命令を出すことはなかった。

ただすべてが先延ばしになったということは、すなわち常に気を張り続けておかなければならないわけで――――。

「頼むから、お手柔らかにな？」

「善処する」

「善処するわ」

「善処しようかな」

あー、これは駄目かも分からんな。

◇◆◇

ビーチバレーの皮を被《かぶ》った悪魔のゲームが終わり、それからの俺たちは平和に海を楽しんでいた。

泳ぎ回ってみたり、砂で城を作ることに挑戦してみたり、結局作れなくて集めた砂でカノンを埋めてみたり、スタッフさんが用意してくれていたらしいスイカをカノンに割らせてみたり、その過程でカノンにぐるぐるバットさせてみたり。

日が暮れてきた頃にはさすがの体力バカ三人もクタクタの様子で、コテージへと帰ってきた。

徐々に気温も下がってきて、さすがに水着姿ではもう肌寒い。

一旦更衣室へ戻った三人は、それぞれ私服へと着替えた状態で現れた。

三人共Tシャツにスキニーだったり短パンだったりと特に洒落《しゃれ》た格好というわけでもないのだが、ラフにしてても絵になってしまうのが彼女らアイドルのすごいところ。

結局最後まで三人の水着姿には目が慣れなかったし。

もちろん三人が疲れていて俺が疲れていないなんてことはなく、正直あまり動きたくないくらいには倦怠感《けんたいかん》が強い。

しかしまだ俺にはやらなければならないことがある。

「野郎ども！　バーベキューだ！」

「おー！　待ってたわ！」

野郎どもではないというツッコミは置いておいて、俺たちは四人で協力しながら食材をコテージの外に備え付けられた調理場へと運んでいた。

ソーセージやら何やらを含んだ肉類はどれも安物ではなく、それなりにしっかりとした加工がされた物ばかり。これを炭火で焼いたらさぞ美味《うま》かろう。

「凛太郎《りんたろう》、肉いっぱい焼いて」

「待て待て。まだ火すら熾《おこ》してないんだからさ」

玲《れい》の催促を押さえつけ、俺は炭と着火剤を用意する。

こうして外で炭火を作るなんて作業はやったことがなく、実はひそかに憧れていたのだ。心を躍らせながら、コテージ内にあった火熾しマニュアルに沿って火を作っていく。

初めてが故に中々うまく行かず、格闘すること十分と少し。

ようやくまともな炭火が作れた時には、全身に達成感が駆け抜けた。

「凛太郎、男の子の顔してた」

「あん？　そりゃ……男だしな」

「ん、そうじゃないんだけど……説明が難しい」

どういう意味だろうか？

まあ彼女自身も分かっていないわけで、それが俺に分かるわけもないか。

「三人とも待たせて悪かったな」

「ううん、問題ないよ。りんたろーくんの夢中になっている顔を見てたら退屈しなかったしね」

「何だお前ら……顔のことばっかり」

そんなに変な顔してただろうか？

まあいい、今はともかく待たせた分だけ肉を焼いてやらないとな。

炭火の上に置いた網に、ソーセージやら野菜を並べる。

ブロック肉は串に刺しておき、手持ちで食べやすいように工夫した。

一部の肉は先ほどササっと作った醤油《しょうゆ》ニンニクベースのタレに漬けてあり、味変できるようにしてある。

こういう細かい工夫をしている時が特に楽しい。

アウトドア用の椅子に腰を掛けた女子三人は、さっきからずっとそんな風に作業する俺を眺めている。

別に邪魔になっているわけでも何でもないが、少しだけ居心地が悪い。

「……何かやりにくいんだけど」

「ごめん。でも、とても興味深い」

「興味深い？」

突然科学者みたいなこと言いやがって。

男が黙々と作業している姿のどこに興味が湧いたのか。

「何だかんだ、あんたが料理作ってるところをまじまじと見る機会ってなかったからね。ちょっと新鮮なのよ」

「ああ、何だそんなことか。別に面白みもないだろうに」

「面白みもないのに見ちゃうのよねぇ……不思議」

それはこっちのセリフなのだが――まあ、いいか。

気にしないようにしながら、作業を進める。

火加減は初めてにしては悪くない。

この分なら間もなく牛肉はちょうどいい焼き具合になるだろう。

「よし、こんなもんかな」

俺はそれぞれの紙皿に焼けた肉を順番に置き、彩りで野菜も添える。

ＢＢＱなのだから見た目なんぞ気にするなと言われるかもしれないが、作り手としてはやはり見た目から美味《おい》しく見えて欲しい。

「焼けたぞ。こっちはタレに漬けたやつで、こっちは塩コショウだ。どっちも絶対美味いから、好きなだけ食ってくれよ」

「「いただきます」」

「おう、召し上がれ」

かなり腹が減っていたようで、三人はがっつくように肉を頬張り始める。

焼いただけとは言え、やはり自分の作った物に夢中になってくれるのは嬉《うれ》しい。

「美味いか？」

「りんたろーくん……本当にこれ焼いただけなのかい？」

「え？　ああ、そうだけど」

「焼き加減が絶妙過ぎるよ……柔らか過ぎず硬過ぎずで丁度いい」

「へぇ、じゃあこの焼き加減はミアに合ってたみたいだな」

「焼き加減？」

「ほら、ステーキにも焼き加減ってのがあるだろ？　レアとか、ウェルダンとか」

そんなおしゃれな言葉を使っているが、要は生焼けやこんがり焼くかの違いだ。ステーキ系のレストランへ行けば必ず店員から聞かれるレベルの基礎知識である。

「いや、それは分かるんだけど……まさかこんな時でもボクらの好みに合わせようとしてる？」

「何言ってんだよ、当たり前だろ？」

「……恐れ入ったよ」

不味《まず》い物を食わせるだなんて、そんなことは俺のプライドが許さない。

美味い物を食わせるためだったら、俺の手間なんて構いやしないのだ。

「このタレ、かなりヤバイわね……美味し過ぎてやみつきになりそう」

「ならよかった。そいつは俺のオリジナルだからな」

「こんなのいつ作ったのよ」

「昼飯用意した時にササっとな」

「……あんたがナンバーワンね」

よせやい。ニヤニヤしちまうだろうが。

「あ、もう少しこう焼いてほしいって言うのがあれば、お前らも遠慮なく言えよ。今焼いちまったのはもうどうしようもねぇけど、これから参考にするから」

「あ、じゃああたしもう少し焼いてもらえた方が好みかも。生の部分あんまり得意じゃないのよね」

「カノンはウェルダン、オーケー、覚えた」

ウェルダンとは、ステーキで言うと中身が赤くなくなるまでしっかりと火を通した状態を意味する。

ついでに玲に視線を向ければ、彼女は首を横に振った。

「私もこれくらいがいい。大満足」

「じゃあ玲とミアがミディアム……了解」

ミディアムは中心部にわずかに赤みを残す程度の、ほぼ生であるレアと火を通した後のウェルダンの丁度中間にあたる状態を指す。

これならカノンのだけ少し避《よ》けて焼けば良さそうだな。

いくらでも手間はかけられると言ったが、少しでも削減されるならそれに越したことはない。

「ねぇ、ずっと焼くの任せちゃってるけど、りんたろーだってもっと食べたいんじゃないの？　何だったら代わるわよ、あたし」

「ん？　気遣いはありがたいけど、これは俺がやりたいことなんだ。もちろんカノンがやりたいって言うなら代わるけどな」

「まあそういうわけじゃないけど……まああんたがそう言うなら任せるわ。あんたよりも上手《うま》く焼ける気しないし」

「そりゃほめ過ぎだ」

「〝ほめ過ぎ〟って言うならそのどや顔やめなさいよ……」

おっと、褒められて調子に乗っているのが顔に出てしまっていたか。

恥ずかしくてはっきりと彼女たちに伝えたことはないが、俺がこうして料理を心の底から楽しいって思えるようになったのは、偏《ひとえ》にこうして彼女たちが俺の料理を食べて感想をくれるからである。

人を喜ばせるために作るって思えば思うほど、モチベーションはどんどん上がっていく。

もっと美味いって言わせたい――そんな欲求が、いつの間にか俺の原動力になっていた。

「どんどん食えよ。いくらでも焼いてやるから」

いつになく上機嫌のまま、俺は追加の肉を網の上に置く。

隙を見て自分も焼けた物を食べながら、俺たちは各々ＢＢＱを楽しんだ。


「あー！　お腹《なか》いっぱい！　もう食べられないわ！」

カノンのそんな声が、夜空にこだまする。

自分が満腹であることをとにかくアピールしたいのか、椅子に深々と腰かけながら自身の腹をポンポンと叩《たた》いた。

こんな姿、ファンには絶対見せられないんだろうなぁ。

「ありがとう、凛太郎。全部美味しかった」

「焼き加減には自信あったけど、結局は用意された食材たちのおかげだ。……俺の方こそ、三人の休暇なのに交ぜてくれてありがとうな。その……思ったよりも楽しかったよ」

「っ……そう、よかった」

玲は安心したように笑みを浮かべる。

俺の言葉に嘘偽《うそいつわ》りはない。

気兼ねなく接することができる彼女らとの時間は退屈しないし、ビーチバレーでは散々な目に遭ったものの、友人同士で罰ゲームをかけて遊ぶだなんて俺の人生には今まで存在しなかった時間だ。

楽しくないわけがなかった。

「……りんたろーくん、そういう表情はずるいと思うよ？」

「あん？　ＢＢＱ始める時からそうだったけど、今日のお前ら俺の顔面に物申しすぎじゃないか？」

「それはそうさ。だって君に原因があるんだからね」

「ええ……？」

ミアにそう言われたとて、何のこっちゃ分からない。

自分の表情なんて、鏡でもない限りは見えやしないのだから。

「さて、と。楽しい食事も終わったことだし、いつでも寝られるように準備しようか。寝る直前にシャワーを浴びなきゃいけないなんて面倒くさいだろうからね」

もっともらしいミアの提案に、俺たちはそれぞれ同意を示す。

まだ時刻は二十時に届くかどうかと言ったところ。まだまだ夜は楽しめる。そしてその時間を楽しみきるには、やらなければならないことはすべて終わらせておいた方がいい。

「りーんーたーろー？」

「何だよカノン、気持ち悪いな」

「もう少しオブラートに包んで罵倒してくれない!?」

呼び方が気持ち悪かったのだから仕方がない。

何だか嫌な予感がしつつも、俺はカノンの言葉の先を促した。

「あんたさぁ、あたしたちの残り湯に浸《つ》かりたいとか思ってるんじゃないの～？」

「何でお前らの皮膚からにじみ出た油が浮いている湯に自分から入りたがらないといけないんだよ」

「言い方！　言い方！」

家族でもちょっと嫌だなぁって思う時があるのだから、いくら相手が国民的アイドルだったとしてもそりゃ嫌悪感はありますとも。

玲《れい》とだってお湯を共有したことはない。そもそも夏場は俺が湯船に浸からないため、共有しようがないのだ。

残念ながら、このコテージでもそれは変わらない。俺は体を洗うだけ洗って終わりにするつもりだ。

「何だったら俺が最初に入ってこようか？　湯を張る前にさ」

「うーん……それじゃちょっとつまらないんだよねぇ」

「風呂につまるつまらないってあるのか……？」

「ほら、せっかく男女がこうして一つ屋根の下にいるのだから、ボクとしてはもっとドキドキハプニングが見たいというかさ」

ああ、ミアがろくなことを考えていない時の顔をしている。

そんなハプニングなんぞいらないから、ゆっくり体を洗わせてくれないだろうか。

「あ、じゃあこうしよう。りんたろーくん、ここでボクはさっきの命令権を使うよ」

「おい……何を命令する気だ」

「ふふふ、ボクの入浴に最後まで付き合ってもらおうかなーって」

からかうような表情で、ミアはそう告げた。

その時、突然玲が机を叩く。

彼女の顔はずいぶんと必死な形相で、鬼気迫るものを感じさせた。

「私は自分の命令権を使ってでもそれを却下したい」

「んー？　でもそれは彼相手に使える権利であって、ボクを止めることはできないよ？」

「なら、りんたろーにミアの言うことを聞かないでって命令をする」

「なるほどね。確かにそれならボクの命令は消えてしまう。でもさ、玲。それは少し勿体《もったい》なくないかい？」

「え？」

「ボクはあくまでお風呂に一緒に入れという内容の命令を出しただけ。もちろんお互いに水着をつけて入るつもりだし、それ以上に何かを求めることはない。でも君はもうとっくにりんたろーくんとの入浴を済ませているんだろう？」

「それは……うん」

おい、そんなさらっと暴露するな。

カノンが混乱してるから。

「ならばもっと過激な命令を出したらいいじゃないか。今の君ならそれができるんだから」

「……確か、に？」

駄目だ、もう玲は完全にミアの掌《てのひら》の上だ。

俺は彼女が踊らされているのを見ながらも、何も手助けはしない。

どの道俺は何を命令されたところで断れないのだ。

ここで変に口を挟んでさらによからぬ命令を出されようものなら、俺がそれを望んでいるように思われるかもしれない。それだけは御免だ。

ここは何を措《お》いても受け身。もうそれに限る。

「じゃあボクの命令権はこのまま実行されるってことで。早速湯船にお湯を張ろうか」

「……このクソ暑い中でも湯船に浸かるのか？」

「もちろん。体の調子を整えるには必要なことだからね。それとも、お湯アレルギーだったりするのかな?」

「今だけはそうであってほしいって思ってるよ」

「なら今は何の問題もないってことだ。ほら、準備しようね」

こんなにもあの時勝っていればと後悔するとは思っていなかった。

一体ミアは俺をどうしたいのだろう?

俺を惚《ほ》れさせてからかいたいと言われても納得してしまうが――。

「くっ……」

恥を忍んで、最後の救いを求めて玲たちを見る。

「ねぇねぇ、一緒にお風呂に入ったってどういうこと? ちょっと聞かせなさいよ」

「う、うん……分かった」

……期待はできなそうだなぁ。

万事休す。

俺は観念し、ミアと風呂に入るための準備を始めるのであった。


シャワーの音が響く浴室。

俺の目の前には、私服から再び水着に着替えたミアが立っていた。

「湯加減はどうかな、お客様」

彼女はシャワーを手に取り、いつかの玲と同じように足元からゆっくりお湯をかけてくる。

その際にミアはそっと俺の胸に手を添えた。

意識しないようにしていた俺の思考とは裏腹に、心臓がどくんと跳ね上がる。

玲の時よりも動揺が少ないのは、ミアが俺をからかう目的でここにいるとかろうじて分かっているから。

天然さが欠ける分、理性は保ちやすい。

「夜の店でも開くつもりか？　お前は」

「ふふっ、それっぽいごっこ遊びがしたかっただけさ。ちょっとは意識してくれたかな？」

「やめてくれ……女と風呂に入ってるってことをできるだけ意識しないようにして理性を保ってるんだから」

「おや、初めから意外と意識はしてくれていたみたいだね。あまりにも揺らがないから実は枯れているのかと思っていたよ」

「心外だな、いつだって俺は耐えてるだけだ。お前が玲をそそのかした時だって、歯を食いしばって耐えきったんだよ」

今ある関係を変えてしまわぬよう、触れたくなる手を必死に押さえつける。

結局、どこまでいっても俺は臆病な男でしかないのだ。

目の前にどれだけ魅力的な女がいようが、一線を越えられない。

「一線を引いて男女の仲にならないようにしているのも、ボクらのため、だろう？」

「……さあ、何のことやら」


「────別に、少しくらい手を出してくれたっていいのに」


「え？」

「ううん、何でもない。ボクも人のことは言えないけど、君も素直じゃないね」

「……素直に生きて来られたなら、そもそもこんなところにはいなかっただろうからな」

「……それもそっか」

途中のミアのセリフは、聞かなかったことにする。

その声色からは、普段のからかうようなニュアンスを感じなかった。

きっと意図せず漏れてしまった言葉だったのだろう。

話題を逸《そ》らしたのも、触れられたくない部分だったから。

それなら、俺はミアの意思を汲《く》もうと思う。

今の俺では、何もしてやれない――――らしいからな。

「んー、せっかくだし、髪の毛くらいはりんたろーくんに洗ってもらおうかな？」

「おい、そんなの命令に入ってないぞ」

「いいじゃないか、それくらい。ケチ臭いこと言わずに、ね？」

「む……」

ケチ臭いとか言われると、こう反逆の精神が刺激されるというか……。

結局、俺は風呂場の椅子に座ったミアの後ろに立ち、手のひらにシャンプーを出す。

そしてよくお湯で濡《ぬ》らした彼女の髪の毛に指を絡ませ、小刻みに動かして泡を作った。

普段からしっかり手入れをしているからだろうか、思ったよりも髪の間に指が通りやすく、洗っていて少し楽しい。

「あ～……これは思ったよりも気持ちがいいね」

「気持ちは分かるよ。俺も人に洗われるのは嫌いじゃないからな」

「おや、じゃあ次はボクがやってあげようか？」

「玲よりも上手《うま》いなら任せてもいいぞ」

「なーんだ、もうレイがやっちゃってるのか。それならいいや。二番煎じは嫌いだからね」

「あいつにそれを入れ知恵したのは他ならぬお前だけどな」

「ふふっ、そうだったね」

実に奇妙な時間だった。

黙々と髪を洗う俺の手の動きに従って、ミアの頭が時たま揺れる。

それが少し面白くて、俺は思わず頬を綻ばせた。

「ん？　何か面白いことでもあった？」

「別に」

「まさか人の髪の毛を逆立てて『スーパーサ〇ヤ人！』とかやってる？」

「やってねぇよ。やってほしいのか？」

「似合うと思う？」

「めちゃくちゃ似合うと思うぞー」

「じゃあやめておこうかな」

「チッ、残念だ」

隅々まで洗い終えた俺は、シャワーを手に取ってつむじの辺りからミアの泡を流していく。

綺麗《きれい》に流し終えたことを確認し、俺はシャワーを元の位置へと戻した。

「ほい、終わったぞ」

「ありがとうね」

「トリートメントは？」

「風呂上がりに流す必要のないものを塗るから大丈夫」

「なるほどな」

それから俺も頭を洗い、シャワーで流す。

顔についた水を手で拭って目を開ければ、何故《なぜ》かミアが笑顔で俺のことを見ていた。

「りんたろーくんも頭を洗い終えたね。じゃあ、次はボクの体かな？」

「……体まで洗わせるのかよ」

「もう日焼け止めを塗ったんだから、別に恥ずかしがることもないだろう？」

「それは……確かに」

「レイの時とは違って、ボクにはちゃんとスポンジを使っていいからさ」

まあ、それならいいか。

あいつは俺に対して素手で触れてきたが、今回はスポンジを介す分まだマシな気がする。

今度はボディソープを泡立て、再び椅子に座ったミアの背中を軽くこすった。

「……冷静になってみるとさ、すごく恥ずかしいことしているよね、ボクら」

「この場合はお前が俺にさせてるんだけどな」

「そう硬いこと言わないでよ」

「……なあ」

「何？」

「どうしてこんなこと許すんだ？」

「どういう意味、かな？」

「常識的に考えても、どこの馬の骨かも分からない男に体を触らせるなんて、やっぱりおかしい気がするっていうか……一緒に泊まる程度ならまだ高校生らしくて理解できるが、これはさすがに——」

こすっていた手を止めて、顔を上げた。

玲《れい》が俺に迫ってくる理由は分かる。

あれだけ分かりやすく好意を示してくれるのであれば、何かしらの感情が欠落した鈍感主人公でもない限りは気づくに決まっている。

好意を抱かれた理由自体は見定められていないものの、行動の出所はそれで説明がついた。

ミアに関しては、少なくとも俺に悪い感情を抱いていないことまでは分かる。

じゃなければ俺がこの休暇に参加すること自体を拒否していたはずだ。

しかし、悪い感情を抱かれていないことはイコールで好意には繋《つな》がらない。

理屈ではなく、ミアが俺に好意を抱いているとは思えないのだ。

分かりやすくからかってくる時もあればそうじゃない時もあるし、どれだけ時間を共にしても、目の前にいるはずの〝ミア〟には掴《つか》みどころがないまま。

まるで架空の人物のように――――。

「……ボクはね、君が思うより君のことを好きなんだよ」

彼女は振り返り、俺にそう告げた。

「詳しいことは、また今度にさせてよ。物事には伝えるタイミングってものがあるからね」

「……そっか」

俺はすんなり引き下がることにした。

この流れで話してくれないということは、きっと何が起ころうとこの場でだけは話してくれないだろう。

そこをいくら問い詰めたとて、ストレス以外に生むものはない。

ともかく、何か理由があるということが分かっただけ十分だ。

「少なくともマイナスな感情は一切持っていないから、安心してよ」

「ああ、安心させてもらうよ」

「それじゃあ続きをやってもらえるかな？」

「……はいよ、お嬢様」

「さっきはお姫様だったのに、格下げかい？」

「姫って呼ぶと俺が王子とかそういう役割になったみたいでむず痒《がゆ》いからな。その点お嬢様なら召使になった気分で済む」

「ふむ、りんたろーくんを召使にか……悪くないね」

「つーか、帰ってから一週間はお前のためにも飯を作る予定なんだから、ある意味もう召使みたいなもんだろ」

「おお、ちゃんと覚えていてくれたね。感心したよ」

ビーチボールの時に約束してしまったことは、ちゃんと記憶に刻まれていた。俺には都合の悪い約束だったとしても、一度交わしたものを違《たが》えるのはポリシーに合わん。

「……そういう君もさ、この前はどうしてあの子のお願いを聞いたんだい？」

「あ？」

「ボクだって自覚はしているのさ。年頃の男女が一緒にお風呂に入るなんて健全とは言えないって。だけど君はレイの要求を呑《の》んで一緒にお風呂に入った。ボクとのこの時間はあくまで罰ゲームだけど、あの子との時間は違うよね？」

「……そうだな、断ろうと思えば断れた」

それでも断らなかったのは――――。

「……やっぱり言わねぇ」

「ケチ」

「お前だって詳しくは言わなかっただろ？　お相子だ」

「ちぇ、まあいいけどさ」

結局、ミアはそれ以上何かを聞いてくることはなかった。

俺がミアを、延《ひ》いてはミルスタの三人を好ましく思っている理由の中には、相手の隠したい部分には無暗《むやみ》に踏み込んでこないという部分が挙げられる。

この距離感は、どこまでいっても俺にとっては心地いい。

「ほら、背中終わったぞ」

「ありがとう。じゃあ後は前だね」

「よし、いいんだな？」

「………やっぱりなしで」

ふっ、臆病者めが。

内心俺もホッとしているのは内緒だ。

「じゃあ代わりに足を洗ってもらおうかな？　何だか本当にお嬢様になった気分になれそうだし」

「趣味悪……」

「いいだろう？　別に減るものじゃないしさ」

まあ、体の前面を洗うよりはマシか。

ミアは浴槽の縁に腰掛け、膝をつく俺の目の前につま先を向けてくる。

この角度だと彼女を見上げる形になるのだが、その際に水着に見え隠れしていた太ももの付け根などがよく見えてしまい、落ち着いていたはずの心臓がまた跳ねた。

「おやおやぁ？　どうしたのかな、顔を逸らしてさ」

「……何でもねぇよ」

「ふーん、まあ君の名誉のことを考えて、これ以上は追及しないようにしておくよ」

つくづく男は女に弱い生物だと思わされる。

俺はうぶ毛一つないミアの足に泡のついたスポンジを走らせた。

一番触れるのに抵抗があったのは、その太もも。

程よくついた足の内側の肉はスポンジ越しでも確かな柔らかさを主張しており、こする度に手が止まりかける。

しかし下手に止めてしまえば、その分洗い終わるのが遅くなるわけで――――。

「……っ、おい、もういいだろ？」

「へっ!?」

「『へっ!?』じゃないだろ!?　俺を辱めたいのならもう目的は達成しただろって！」

「あ……あー！　そうだね、もういいよ。うん」

ミアは慌てた様子で手をばたつかせると、足を下ろして立ち上がる。

よく見れば、彼女の顔もだいぶ赤い。

ああ、やはりこいつも恥ずかしかったのか。

「仕掛けてきたくせにこういうことに慣れてねぇのかよ」

「あ……当たり前さ。父親以外の男性に体を触れられた経験なんてまったくないんだからさ」

「そこまで体張る必要もねぇだろうに」

俺をからかいたいがために自分の体まで使うところが、いつまで経《た》っても理解できない。それを楽しんでいるならまだしも、こうして恥ずかしがっているならなおさら意味がないと思うのだが。

「ほら、ボクは湯船に浸《つ》かってから出るから、もう君は好きな時に出てっていいよ」

「ん、そうか。じゃあ体洗ってから出るわ」

はぁ。とりあえずこれで俺の仕事は終了らしい。

終わってみれば、何てことのないイベントだった。こんなことで命令権を使わせることができたのは、まさに僥倖《ぎょうこう》と言えるだろう。

「ふぅ……」

風呂から出た俺は、お湯で火照《ほて》った体を冷やしながらドライヤーで髪を乾かしていた。

二ヵ月くらい前まではバスタオルだけで乾いていたのだが、最近になって伸びてきたことを自覚してからは、乾かしきるにはドライヤーが必須となっている。

体から火照りも水気も消えてきた頃、突然脱衣所の扉が派手な音と共に開け放たれた。

今まさに部屋着を着ようとしていた俺は、とっさに腰をバスタオルで隠す。

扉を開け放った張本人である玲は、さっきよりも焦った顔で俺を見つめていた。

「……一応お決まりだから言っておくけど、ノックくらいしてくれよな」

「ミアに、何もされなかった？」

「お、おう、別に何もされなかったぞ」

「――――分かった、ならいい」

そう告げて、玲は脱衣所の扉を閉める。

男の着替えを覗《のぞ》いてまで聞くことがそれか？

どういう心配をされたのか、その内容を問いかける勇気を、残念ながら今の俺は持ち合わせていなかった。


着替えも終えてしばらく。俺はコテージのリビング部分に置かれたソファーに腰掛け、冷凍庫の方に入っていたアイスキャンディーを舐《な》めていた。

同じソファーには、すでに風呂を上がったミアと玲が座っている。

最後に入浴したカノンはまだ戻ってきておらず、俺たちは各々スマホをいじったりしながら彼女が戻ってくるのを待っていた。

「ふー！　さっぱりしたわ！」

くだらないネットニュースなどを適当に流し見していれば、浴室の方からタオルを肩にかけたカノンが現れた。

「おい……」

「ん？　何よ」

「……いや、何でもない」

「はぁ？　変なりんたろーね」

口から漏れかけた言葉を呑み込み、代わりにため息を吐《つ》いた。

何度も言いたくなるのだが、やはり無防備すぎると思うのだ。

三人とも風呂上がりで体が熱を持っているからか、普段よりもさらに薄着になっているように見える。

ショートパンツにTシャツというその格好は、同じ屋根の下で過ごすに当たりあまりにも刺激的すぎた。

理性だけは強くて本当によかったと心の底から思う。

「凛太郎《りんたろう》、これ食べたいの？」

「へ？」

「さっきからチラチラこっちを見ているから、この味が気になったのかなって」

俺がブドウ味を選んだのに対し、彼女が選んでいたのはオレンジ味。確かに味は違う。しかし気になるというレベルでは――。

「じゃあ、はい」

玲《れい》は自分の分のアイスキャンディーから口を離すと、先端を俺の方へと向けてきた。

口の中の熱で溶けたアイスの一部が、とろりと溶けてソファーの上に落ちそうになっていた。それが妙に艶《なま》めかしい。

「タピオカの時はともかく、いくらお前が相手でも舐め回したものをシェアするのは遠慮させてもらうぞ」

「ん……確かに舐め回したって言われると抵抗がある」

アイスキャンディーを引っ込めた玲は、溶けた部分が落ちてしまう前に再び口に咥《くわ》えた。

俺が何も言わず咥えていたら、どうする気だったのだろう？

顔色を変えずにアイスキャンディーを楽しむ玲を横目で見ながら、ふとそんな疑問が過《よ》ぎった。

きっと、何も思わなかったんじゃないだろうか。

こうして簡単に差し出してくるからこそ、玲にとっては特に大した意味もない行為だったと言える。

……そんな風に思い込んでしまったせいで、俺は彼女の頬がほんのり赤みを帯びていたことに気づかなかった。

気づいたとしても、それを俺は風呂上がりだからと決めつけていただろう。

そうして俺は、またもや核心から目をそらした。

「さて、全員いつでも寝られるくらいには準備ができたし……ババ抜きするわよ！」

ビーチバレーの時と同じように、カノンが突然そんなことを言い出した。

彼女の手には一般的なトランプが握られている。

ワクワクした様子の顔を見る限り、初めからやることを想定していたようだ。

「いいね、じゃあ何を賭ける？」

ミアは愉快そうに問いかける。

もうすでに何かを賭けて戦うことは確定しているようだ。

「さっきは何でも一つ命令できる権利だったけど、ババ抜きに関しては一回で終わりじゃつまらないし、ゲームが終わる度に負けた奴《やつ》が今まで隠してた秘密を一つ暴露するってのでどう？」

「おい……正気か？」

「まああくまで遊びだから、どうしても言えないことは言わなきゃいいのよ。小さな秘密なんていっぱいあるでしょ？」

まあ――――それはごもっとも。

「ただその秘密でオッケーかどうかっていうのは、周りが判断するってことで。じゃないと『お風呂に入ったら頭から洗います』なんて内容でもオッケーになっちゃうからね」

「ある程度恥をかく覚悟はしておけってことだね」

「その通りよ。他に質問はある？」

俺もミアも玲も、特にこれといった質問は思いつかなかった。

ババ抜きならルールもへったくれもないだろう。

ローカルルールが多い大富豪ならともかく、ババ抜きなんて相手からカードを一枚ずつ引き合って数字が揃《そろ》ったら捨てるというのを繰り返せばいいだけだ。

戦略なんて最初はあってないようなもの。

後半になって徐々に相手の癖などが分かるようになって、ようやく頭を使い始める程度だ。

結局は運。だからこそ、ビーチバレーの時とは違って勝ち目がある。

「そんじゃ始めるわよ！」

テーブルを囲み、俺たちはカードと睨《にら》めっこを始める。

配られた段階である程度手札が揃っていると、少ない枚数で気持ち的には有位を取れたように感じるが――――実際は後々《のちのち》にカードが嚙《か》み合わなくなり始めるため、そこまで差はできない。

初めに、玲がミアのカードを取り、ミアが俺のカードを取り、俺がカノンのカードを取り、そしてカノンが玲のカードを取るという順番。

「あ、揃った」

玲がミアのカードを取ったところ、ワンセット揃ったようでテーブルの上にカードを捨てる。

ざっと全員の手札枚数を見る限り、平均七枚と言ったところか。

ちなみに俺はババを持っていない。最後まで引かないでいられるといいのだが。

「ほら、引きなさいよ」

目の前にカノンのカードが差し出される。

枚数は六枚。この辺りから気を張ったって意味はない。

俺はおもむろに一番端の一枚に手を伸ばした。

「っ！」

「……ん？」

摑《つか》もうとした瞬間、彼女の目がくわっと見開かれた。

他のカードに手をずらせば、その目は元に戻る。

しかし再び一番端のカードに手を伸ばせば、またもやその目は見開かれた。

……確かめてみる必要があるな。

「これにするか」

一番端のカードを引っこ抜いてみる。

そのカードの表面には、堂々とジョーカーの文字が書いてあった。

まさかとは思うが……こいつ、ババ抜きめちゃくちゃ弱い？

（……とりあえずは引いちまったババを何とかしねぇと）

結局は引かされてしまったわけだし、これで一番状況が不利になったのは俺だ。

俺からカードを引くのはミア。

何とか彼女にババを渡さなければならないわけだが……。

「さっきのカノンの反応を見る限り、どうやらババはりんたろーくんに移ったみたいだね」

「はっ、お見通しかよ」

「まあね。とりあえずここからは気を付けて引くことにするよ」

そう言いながら、ミアは一枚一枚引くふりをして俺の顔色を窺《うかが》い始める。

故に俺は無心を貫くことにした。

直接勝敗に関係ある状況でない限りは、態度に出さないようにすることなんてそう難しいわけじゃない。

ここでババを回避されたところで、まだまだチャンスはあるのだ。

むしろここで引かれて、一周回ってまた俺のところに戻ってくるよりはマシとすら思う。

「ふふっ、さすがにこの時間帯じゃボロは出ないか」

結局、ミアは適当な一枚を選んで持っていった。

それはババじゃなかったものの、彼女の手の内と合うものでもなかったようで、そのまま何も捨てずに手札を玲の方へと差し出す。

今の発言からミアがババを持っていないと分かり、玲は安心しきった様子でカードを引いた。

このようなやり取りが数巡続き、ババを抱えっぱなしの俺以外は順調に手札を減らしていく。

そしてついに――――。

「あ、揃った」

玲がミアのカードを引いた際に、そんな言葉をもらす。

そして元々あった手札と合わせて二枚のカードをテーブルへと捨てると、彼女の手札は残り一枚となった。

そして次はカノンが玲からカードを引く番。

つまりその一枚は、このターン中に消えてしまうことになる。

「チッ、一番手くらいは譲ってあげるわよ」

「ん、ありがと」

こうして玲の手元からカードがすべて消えた。

文句なしの上がりである。

「ふん、あたしも揃ったわ。はい、じゃああんたの番」

カノンがカードを捨てた後、俺は残った手札に手を伸ばした。

残っているのは二枚だけ。カノンの上がりももう間もなくと言ったところか。

対する俺はまだ四枚。うち一枚がババという状況。

ここで一組でも多くペアを作り、ババを引かせる可能性を増やしたい。

「さっさと引きなさいよ。どうせまだババはあんたが持ってるんでしょ？」

「余裕でいられるのも今の内だからな……」

直感で、左にあったカードを抜く。

そのカードは手札にあった数字と一致し、これで何とか手を進めることができた。

俺の手札は三枚。これなら十分ババを引かせることができる。

「ほら、引けよ」

「……減ってきたからってずいぶん強気じゃないか」

この状況、引いてしまう恐怖がある分むしろメンタル的にミアの方が不利だ。時間帯的に、ここでのババの移動は勝敗に直結しかねない。

「もういい、これだ！」

考えたって仕方がないと判断したミアが、俺の手札からカードを抜き取る。

その瞬間、俺は思わず口角を吊《つ》り上げてしまった。

もう俺の手の中に、ババはない。

「ちょっと待ちなさいよ……！　まさかミア、あんた引いたの？」

「悪いね、カノン。できればこの厄介者を引き取ってくれると助かるんだけど」

「いやよ！　絶対引かないから！」

あ、フラグだ。

そう思った時にはもう遅く。カノンは見事にミアからババを引き抜いてしまう。

もちろん手札は見えていないが、もう目が口よりも物を語っているのだ。

これで彼女の手札は二枚だけ。うち一枚がババということは、二分の一の確率でそれを引くかもしれないということになる。

ただ、カノンにはさっき見せた致命的とも言える癖があった。

「……これだな」

「え!?」

容赦なく取り上げたカードは、やはりババではなかった。

やはり表情が分かりやす過ぎる。これなら負けようがない。

「どうやら二抜けは俺みたいだな」

ついでにカードも揃った。

ここで俺の手札は一枚になる。そして次はミアが俺のカードを引く番だ。

「ふぅ……まあ、まだ一戦目だしね」

ミアが俺のカードを引き、これで俺は上がり。

そして、ここでカノンにとっての悲劇が起きた。

「あ、揃った」

俺からカードを引いたミアの手の中で、カードが揃ってしまう。

そして揃ったものを捨てれば、彼女の手札は一枚になった。

順番はズレ、次はカノンがミアからカードを引く番。つまりもうカノンに勝ち目はない。

「……次のゲームじゃ覚えときなさいよ」

悔しそうな表情を浮かべ、カノンは最後の一枚を引き抜いた。

「御託はいいからさ、早くカノンの抱える秘密とやらを教えてもらおうかな？」

「結構長い付き合いだけど、カノンの秘密聞いてみたい」

俺よりも長い付き合いなのに、ミアと玲《れい》の二人はカノンの秘密に興味津々だ。

確かにこれだけ時間を共にすれば、むしろ知らないことの方が少ないのだろう。そう考えれば、気になってしまうのも頷《うなず》けた。

「分かってるわよ……言い出しっぺだもの。ちゃんとした秘密をバラしてやるわ！」

こんなに綺麗《きれい》に自棄《やけ》になる人間初めて見た。

「その……めちゃくちゃ恥ずかしいんだけど……最近、身長が一センチ縮んでた」

あー、そう……。

事務所が公開した資料によると、レイの身長は１６２㎝。ミアは１７０㎝、そしてカノンは１５４㎝となっている。

つまりそこから１㎝縮んだということは、今は１５３㎝になっているはずだ。

正直マジで判断つかないけど。

「凛太郎《りんたろう》、実はカノンは身長を２㎝盛ってる。だから正確には１５１㎝」

「小賢《こざか》しいサバ読みだな……」

見栄《みえ》を張るにしても、その規模が小さすぎる。

２㎝って。せめて５㎝くらいは盛れよ。まあそれじゃすぐにバレると思うけれど。

「何で言うのよ!?　それ後で負けた時用に取っておいたのに！」

「駄目だよ、カノン。ボクらがその事実を知っている限り、秘密にはなり得ないからね」

「た、確かに……！」

「身長が縮んでたって話の方は初耳だったたから、罰ゲームとしての基準はクリアしてるかな。気づいたのはいつ頃？」

「……水着の採寸をしてもらってる時よ。そこで計ってもらったら、学校の身体測定の結果よりも1㎝縮んでたの」

それを聞いていた俺たちの間に、気まずい空気が流れる。

あまりにもカノンが深刻な顔で言うものだから、偏《ひとえ》に笑い飛ばせないのだ。身体的特徴というのは中々ツッコミづらいものである。

「……ちょっと、別にいいのよ？　笑っても」

「だってカノン、身長気にしてるでしょ？　だから触れない方がいいのかなって思った」

「変な風に気にしないでよね！　あたしは自分のこと大好きだし、そこにはこの身長だって含まれてるわ！　気にしてるのは、ステージ上でのあんたらとのバランスだから！」

「そうなの？」

「そうなの！　まあ……せめて155は欲しかったとはいつも思ってるけど」

これに関しては、傍《はた》から聞いていると本音のように思えた。

「ていうかあんたら知らないの？　身長が低い方が男受けするってことをさ」

「ふーん、そういうこと言うんだ。じゃありんたろーくんに聞いてみようじゃないか」

「上等よ！　ほらりんたろー、言ってやりなさい」

何故《なぜ》ここで俺に弾が飛んでくるのだろうか。

いくら疑問に思っても、三人の視線はすでに俺を捉えて離さない。

「はぁ……別に身長なんてどうでもいいだろ。結局はそいつの魅力に繋《つな》がるかどうかだし」

「と言うと？」

「性格が気に入らなければ、そいつがいくら身長が低くて可愛《かわい》らしくても嫌いなもんは嫌いだ。逆に一度でも好きになったらそいつの身長ごと好きになると思う。見た目さえよければそれでいいって奴《やつ》もいるだろうけどな」

「つまり君は身長で女の子は選ばない、と」

「まあ好みだけで言うなら低い方が好きだな」

「平和に終わりそうになったところでとんでもない爆弾を落としたね、君は」

ミアの言葉の裏で、カノンの表情がパッと明るくなる。

そしてそのまま俺の隣に引っ付くように近づくと、肩にぐりぐりと頭を押し付けてきた。

「もぉ、分かってるじゃない。ほら、小さい方が好きって言ったご褒美に、あたしの頭を撫《な》でてもいいのよ？」

「喜んでいるところに申し訳ないが、俺は別に小さい方が好きって言ったわけじゃないぞ」

「へ？」

「低い方が好きだって言ったんだ。俺よりな」

彼女らに一人ずつ視線を送る。

この中で一番背が高いのは、さっきも言った通り170㎝のミアだ。

しかしその身長でも、俺よりは確実に低い。

「凛太郎、身長いくつ？」

「178㎝だ」

「当てはまる範囲が広すぎる」

唖然《あぜん》としているのが一名、ホッとしているのが一名、感心しているのが一名と言ったところか。

「逆に中途半端なのは苦手だ。背が高いなら俺よりもかなり高くあってほしいし、低いならはっきり低い相手がいい」

「……じゃあ、あたしらみんなあんたの好みに入ってるじゃない」

「それは否定しねぇよ。だからどうでもいいって言ったんだ」

「あたし！　今日あんたに振り回されっぱなしな気がする！」

カノンは顔を真っ赤にしながら、そう叫ぶ。

むしろこいつの方が色んなゲームを提案してきているのだから、振り回されているとしたら俺の方だと思うのだが。

「まあいいわ……あたしの秘密は一個言ったし、さっさと次のゲームに行くわよ」

「位置交換とかしなくていいのか？」

「何？　してほしいの？」

「いや……そういうわけでもないが」

「じゃあ面倒くさいしこのままでいいでしょ。ほら、カード配るわよ」

　俺はお前のためを思って言ったんだが――まあ、このままでいいなら俺にとってはありがたい。この順番である限り、俺にはジョーカーの位置が分かるのだから。

　すんなりと次のゲームが始まってから数巡。

　意外なことにカノンが一抜けし、次に俺が上がった。

　こうしてミアと玲の一騎打ちになり、ババは玲が持つことになる。

「こういう時ばかりはそのポーカーフェイスが羨ましいね」

「別に、意識しているわけじゃない」

　ババ抜きが始まってから、玲の無表情が加速したのは間違いなかった。

　カノンと足して二で割れば丁度良くなるだろうに。

「……まあ、こっちでいいかな」

　結局、ミアは考えることをやめて適当に二枚の内の一枚を引いた。

　その瞬間、玲の表情が一瞬曇る。

「あ、揃《そろ》った」

そんな言葉とともに、ミアの手から最後のカードが捨てられる。

これで今回のゲームは終了し、敗者は玲に決まった。

「む……運で負けた」

「悪いね」

「こればかりは仕方がない。じゃあ、私の秘密を話す」

玲の秘密、か。

割と何でも包み隠さず言ってくれる彼女だからこそ、今まで誰にも言っていなかった秘密が何なのか気になってしまう。

「……たまに、夜中お腹《なか》が空《す》く。だから起きて合鍵で凛太郎の部屋の鍵を開けて――――」

――――ん？

「作り置きのおかずとか、ご飯をちょっとつまみ食いしてる」

「「ぶふぉっ」」

噴き出したのは、俺とカノンだった。

そして俺たちは同時に玲へと詰め寄る。

「あれだけ夜食は太るからやめなさいって言ったわよね!?」

「何か作り置きが減ってんなって思ったらお前のせいか！」

「うう……ごめんなさい」

週に一回程度の些細《ささい》な出来事でしかないのだが、実は朝起きて弁当を作ろうと思ったら米もおかずも足りてないなんてことが何度かある。

疑問には思った。しかしさすがに誰かがつまみ食いしているだなんて思わず、その時は俺が量を見誤っていたのだと納得させていた。

まさかこんなところにネズミがいただなんて。

「足りない分はわざわざ次の日に作り直してるんだから……今度から欲しい時は起こしてでも言ってくれ」

「でも、それはちょっと申し訳ない」

「俺としてはお前に冷えた残り物を食わせる方が若干嫌なんだよ。……なら夜食用に握り飯でも作っておくから、次からはそれで我慢してくれよ？」

「我慢だなんて……むしろありがたい」

これでこっちの問題はひとまず解決した。

残った問題は――――。

「れーいー？　りんたろーが甘やかしてくれるからって、あたしは許さないわよ」

「うっ……ごめん」

「別に怒っちゃいないけど、そんな生活で太んないのはその若さのおかげなんだからね？　いずれぶくぶく太っちゃうんだから」

「……経験談？」

「同い年よ馬鹿！」

そんな漫才のようなやり取りをしている二人をよそに、ミアがこそこそと俺の側《そば》に身を寄せてくる。

「何だか保護者みたいでしょ、カノン」

「そうだな。ずいぶんと様になってるし」

「姉弟《きょうだい》が多いからみたいなんだよね。だから真面目な時のカノンってすごく頼りになるんだよ」

頼りになる。確かにその通りだと思う。

何だかんだ言って、少なくとも玲《れい》よりはしっかりした人間であることは出会った当初から理解していた。

しかしやけに印象的なのは、やはり彼女が弱音を吐いたあの夜のこと。

そういう弱い部分を自分だけが知っているというのは、思いのほか優越感に繋がってしまうようだ。

「ちょいそこ！　ニヤニヤしない！」

　おっと、いつの間にか口角が上がってしまっていたようだ。

　俺は咳《せき》ばらいをして、口を挟む。

「説教も必要だと思うが、今日のところは次のゲーム行こうぜ。まだ二つしか暴露されてないしな」

「チッ、命拾いしたわね！　レイ！」

　さっき怒ってないって言ったじゃん。

「ねぇ三人とも、ちょっと提案なんだけどさ」

「何よ？」

「ババ抜きは十回戦までにしないかい？　いつまでやるか決めてなかったしさ」

「まあそれくらいが妥当かもしれないわね」

「そして最終戦の十回戦目で負けた人は、一番恥ずかしい秘密をバラすっていうのはどう？」

「っ！　いいわね！　乗ったわ！」

　飽きるまでとかそういう曖昧な回数でなく、明確な終わりが見えるのは俺としても身が引き締まってありがたい。

　ただ、一番恥ずかしい秘密というのは中々に難しい。

　半端な物では許されないということか――――そもそも俺自身にあんまり秘密がないの

だが。

「じゃあ三回戦目を始めようか」

再びカードが配られ、新たなゲームが始まる。

それから同じことが六回ほど繰り返されたものの、結局俺はカノンのおかげで一度も負けることなくやり過ごせていた。

現在合計八回戦が終了し、カノンが五回、玲が二回、ミアが一回罰ゲームを受けている。

そして最終戦の一歩手前である九回戦。

俺からババを引いてしまったミアが最後までそれを抱えたままゲームが終了し、罰ゲームは彼女が受けることになった。

「うーん、残念。そろそろりんたろーくんに秘密を暴露させたかったのに」

「悪いな。今日はついてるみたいでさ」

「まあ運ゲーってやつだから仕方ないか。えっと、ボクの暴露は二つ目だね」

そう言うミアの表情はあまり辛《つら》そうではない。

対照的に、カノンはかなりげっそりしている。

これが暴露回数二回と五回の差であった。

「うーん、そうだなぁ。最近下着のサイズが合わなくなってきたって話はしたっけ？」

「え……初耳なんだけど？」

「ああ、じゃあこれでいいね。実は今日の水着のサイズも前とは違ってさ。もうFじゃ合わなくなってきたんだよね」

「あー！　もう聞きたくない！　きーきーたーくーなーい！」

「そんなこと言わずにさ、ボクの暴露話なんだからちゃんと聞いてくれないと困るよ」

「罰ゲームでマウント取ってくるやつがどこにいんのよォ！」

叫び散らかすカノンに、囁《ささや》くように言葉を届けようとするミア。

そんな二人を、俺は玲よりも無表情で見ていた。

実際どう聞けばいいか分からなくないか？　全国の男子諸君に聞きたい。

こういうシチュエーションに巻き込まれたら、どういう対応をしたらいいか。

ちなみにセクハラになりかねない回答は無視させてもらう。

「さっきの身長の話に近い質問になるけど、りんたろーくんは大きいのが好きかな、それとも小さい方がいいのかな」

「……ノーコメントで」

「あら、残念」

俺が胸のサイズの好みを告げる時が来るとすれば、それは俺が罰ゲームを受ける時だ。

ただもう残すは運命の十回戦目だけ。

あまり考えてはいなかったが、ここで負けた時に暴露する内容としては少し弱い。

「もういいわ！　ほら、次でラストよ！　これで負けたら本気で恥ずかしい秘密を暴露！

文句はないわね!?」

「ないけどさぁ……」

「何よりんたろー。怖気《おじけ》づいた？」

まあ、カノン自身が乗り気ならいいか。

「何でもない。ほら、配れよ」

「ぜったい吠《ほ》え面《づら》かかせてやるんだから！」

最後のゲームとは言え、今まで通りやっていれば負けることはまずない。

全員が全員順調にカードを減らしていき、やがてミアと玲があっさりと上がった。

残ったのは俺とカノン。俺の手札が一枚で、カノンの手札が二枚。

そしてババは彼女が持っている。

この状況さえ作れてしまえば、もう負けようがない。

「悪いな、カノン。これで終わりだ」

「な、何よ！　分からないじゃない！」

そっとカードに手を伸ばす。

左のカードに触れようとした時、彼女の表情が変わった。

つまりこのカードがババ。俺は反対のカードを引けばいい。

そして俺は、そのカードを引き抜いた。

瞬間、カノンがにやりと笑う。

――――嫌な予感が、背筋を駆け抜けた。

「引っかかったわね！　りんたろー！」

「なっ……」

俺が手に取ったカードは、まさかのババ。

何が起きたのか分からず、俺はただ茫然《ぼうぜん》とその絵柄を見つめる。

「この時のためにあたしはずっと策略を巡らせていたのよ……！　ババを手に取った時に表情が変わるのもすべて演技！　見事に騙《だま》されてくれたわね！」

やられた。これがアイドルの演技力か。

「くっ……だがこれで勝敗が決まったわけじゃねぇだろ！　どの道二分の一だ、ここでお前が引けるとは思えねぇな！」

「ふっ、馬鹿ね。人の甘さに付け込んで運ゲーを逃れてた奴《やつ》と、ここまで丁寧に基盤を築いてきたあたしじゃ立場が違うのよ！　勝利の女神が微笑《ほほえ》むのは、あたしだ！」

カノンが俺からカードを引き抜く。

そうして俺の手に残ったカードは、ババだった。

「うそ……だろ」

「さて、十戦目の罰ゲームを受けてもらおうかしら？」

目の前で、揃《そろ》ったカードがテーブルの上に捨てられる。

ここに来て――――まさか最後の最後だけ負けるだなんて。

「凛太郎《りんたろう》の大きな秘密、知りたい」

「全面的に同意だね。普段だったらきっとのらりくらりとかわされてしまうだろうから、今日ばかりはすごく楽しみだよ」

当然のように味方はいない。

俺は大きくため息を吐《つ》き、ソファーに深々と腰かける。

一応、俺にも一つだけ誰にも話していない秘密があった。それを知られると思っただけで羞恥心が溢《あふ》れ出してくるが、こいつらだって散々秘密を暴露する羽目になったのだから、俺だけ逃げるというのは無しだろう。

「大して面白い話でもないんだが……実は、な、どうしても苦手な物があるんだよ」

「え、何？　食べ物？」

「いや、違う。……雷だよ」

「はぁ？」

きょとんとした表情を浮かべるカノンの横で、玲とミアも同じ表情を浮かべていた。

まあ、そういう反応になるよな。

「雷の音とか、震動とか……あの黒い雲が光る瞬間とか……どうしても苦手でな。今年は雷雨の日が少ないからまだ助かってるけど、夜中に鳴ったりすると布団に深く包《くる》まれないと寝られなかったりする」

「「「…………」」」

どういうわけか、三人は黙って俺の話を聞いていた。

妙にいたたまれない空気の中、反応を窺《うかが》うようにして彼女らの顔に視線を向ける。

するとそんな俺と目を合わせながら、玲がぼそりと呟《つぶや》いた。

「――――可愛《かわい》い」

こんなに恥ずかしいことがこの世にあるだろうかと思うくらい、ぶわっと冷や汗が噴き出した。

素直にかっこ悪いとバカにされる方がまだマシである。可愛いという一言は、俺にとっては『お前男らしくねぇな』の最上位版だ。

「ぐっ……幻滅したならもっとちゃんと笑ってくれよ」

「幻滅なんてしてない。むしろ今まで凜太郎の欠点が見えてこなかったから、それを知れて嬉《うれ》しい」

「や、やめてくれ……」

肯定的な意見すら、今は体に悪い。

もだえ苦しむ俺の両肩に手が置かれる。振り返れば、わざわざ後ろに回り込んだカノンとミアが立っていた。

「ナイス暴露よ、りんたろー」

「また辛《つら》い夜があっても、これからはボクらが側《そば》にいてあげるからね」

ああ、いっそのこと殺してくれ————。


「さて……そろそろ寝ようか」

ミアがそう切り出したことで、俺は顔を上げる。

とんだ恥を晒《さら》してから、俺たちは特に罰ゲームを設定しないトランプゲームを楽しんでいた。

ダウトやら、大富豪やら。

お互いを煽《あお》ったりしながら進めていくゲームは想像以上に面白く、気づけば時刻はすでに深夜を回ってしまっている。

「あー、そうね。いざ寝ようと思ったら急に眠気が来たわ……」

「ん、私も眠い」

言われてみれば、確かに俺にも眠気が来ていた。

気を抜くとボーっとしてしまう。これでは寝落ちするのも時間の問題だろう。

「んじゃ歯磨いて寝るか……」

「そうしよう。ほら、二人もダラダラしないで」

まだ動けそうなミアに急《せ》かされ、俺たちは歯を磨いて寝室へと向かう。

四人揃って入った寝室には、ベッドが二つ。

昼間の日焼け止めのくだりのせいで、俺たちは二つしかベッドがない部屋に四人で寝ることになっていた。

「凛太郎、本当にそこでいいの？」

「お前らと同じベッドで寝るよりよっぽどマシだからな。本当なら同じ部屋で寝ること自体許したくないんだぞ」

俺はベッドとベッドの間にできたスペースに、毛布を数枚重ねて疑似的な敷布団を作っていた。

かなり質のいい毛布を重ねているおかげか、寝そべっても床の硬さはほとんど感じない。

疲れ切っている今ならば、あっさり熟睡できてしまいそうだ。

「あんたって本当に誠実よねぇ……むしろマジであたしたちに興味ないんじゃないの？」

「興味を持たないようにしてるだけだ。そもそも俺がそういう下心満載な人間だったら、まず同じマンションの同じフロアに住むこと自体許さなかっただろ？」

「まあそれはそうだけどさ？　うーん……ま、そうよね。この環境で手を出してこないあんたを素直に褒めておくわ」

さらにそもそもの話、そんな人間だったらまず玲《れい》がこんなに俺に懐くようなことはなかっただろう。

玲はどこか抜けた部分があるものの、決して頭の悪い人間ではない。

欲望に忠実なだけで、考えなしというわけではないのだ。

そんな彼女とその仲間に、ここまで近づくことを許されている。

そうした信頼がどこまでも心地いいと感じるし、崩したくないと思う。

「ボクとしても、こうして身近なところに男の子がいてくれるのはかなり新鮮だから、最近結構毎日が楽しかったりするんだよね」

「あたしも概《おおむ》ね同意ね。りんたろーみたいな男、周りにまったくいなかったもの」

悪い気はしないものの、さすがにそろそろむず痒《がゆ》い。

俺はタオルケットを顔までかけると、そっぽを向いて目を閉じた。

「あ、逃げたわね」

「ふふっ、まあ拗《す》ねられても困るしね。そっとしておこうか」

ベッドの上で二人が横になった気配がする。

しかし、俺が安心して眠りに落ちようとした瞬間、耳元で声がした。

「おやすみ、凜太郎」

「……ああ、おやすみ」

俺がこの場にいられるきっかけとなった女の声。

その声はどこまでも優しくて、温かかった。


眠りの中で、俺は夢を見る。


それはいつかのパーティーの光景。何度も見た、あの夢だ。

隣には金髪の少女が座っている。

彼女は俺が持ってきたバイキングの食事を口いっぱいに頬張り、幸せそうな笑みを浮かべていた。

やっぱり、あの顔は――――。

「ぐふっ⁉」

俺の意識は、一瞬にして現実へと引き戻される。

腹に走った鈍痛。その正体を確かめるべく顔を上げれば、そこには女の生足が乗っていた。

「んん……その乳ちょっとはよこしなさいよ……」

「……っ、ざけんなよ」

ベッドの上で寝ていたはずのカノンが、俺にかかと落としを叩《たた》き込んでいた。

そう言えばこいつ、めちゃくちゃ寝相が悪かったな。

(覚えとけよ……)

起こして小言を言うほど俺の心は狭くない。

できるだけ音を立てないようにしながら、彼女の体をベッドの上に戻す。その際にカノンと一緒に寝ていた玲の姿が目に入った。

結局カノンと玲が同じベッドで寝ることになったのだが、うん、今のところはまだ無事らしい。

どうして最初にすぐ隣で寝ている玲ではなく俺に被害が出たのか……少し納得がいかないが、まあこの場に関しては起こしたのが俺だけでよかった。

(……水でも飲むか)

冷房の効いた室内は過ごしやすい温度になっているものの、代わりに喉は渇きやすい。

俺は音を立てないように部屋を出て、キッチンへと向かう。

そのままキッチンの水道でコップに水を注《つ》ぎ、おもむろに窓際へと移動した。

窓から見える風景は、意外にも明るい。

どうやら満月が近いようだ。月もそうだが、都会から離れているからか満天の星が見えている。

もう少し近くで見てみたい――――。

そう思った俺は、サンダルを履いて外へと飛び出していた。

「おお……」

遮る物が何もない場所から見る空は、窓のガラス越しに見た物とはまったくの別物だった。

自然に圧倒されたのなんて、一体いつぶりだろう。

いつの間にか眠気はどこかへ消えて、俺はただただその光景を目に焼き付けようと必死になっていた。

「……凛太郎？」

突然、俺の名前を呼ぶ声が聞こえた。

振り返れば、そこには俺と同じようにサンダルを履いて飛び出してきた玲の姿がある。

彼女は俺の顔を見ると、嬉しそうに微笑《ほほえ》んだ。

「目が覚めたらどこにもいなかったから、いるとしたらここかなって思って」

「悪い、こっそり移動したつもりだったんだが、起こしたか？」

「ううん。私が起きたのはカノンのせい。肋骨《ろっこつ》に一発拳をもらった」

そう言って玲は脇腹の辺りを擦《さす》る。

隣に寝かし直したのは俺だから、結果的には俺のせいだ。

まあ、あえて言うようなことはしないけど。

全部カノンのせいにしておこう。それが一番平和だ。

「俺も今さっきカノンからかかと落としを喰《く》らって起きちまったんだ。お互い災難だったな」

「本当。でも相手はカノンだから、仕方ない」

「ははっ、寝相は注意しようがないしな」

それこそ体を縄で縛ったりしなければ、あの寝相を矯正することはできないだろう。

しかしその姿を思い浮かべると、あまりにもシュールで笑いがこみ上げてくる。

カノンの名誉のために咳《せき》ばらいをして笑いを堪《こら》えながら、俺は改めて玲に向き直った。

「……ちょっと話すか」

「……うん」

俺たちは砂浜まで移動し、昼間休憩するために使っていたマットの上に腰かけた。

パラソルは閉じ、マットの上でも星が見えるように視界を開ける。

「昨日まではずっと撮影で疲れていたから、こうして星を見ようとも思わなかった。こんなに綺麗《きれい》だったんだね」

「そりゃもったいないことしたな。今日のところはカノンに感謝ってところか？」

「そうかも。起こしてくれてありがとうって」

明日感謝を伝えても、あいつはポカンとするだけなんだろうな。

嫌みの一つくらいは言ってやろうと思っていたが、こうしていいこともあったわけだし止《や》めておくことにする。

「また来たいって、思う？」

「ん？」

「凜太郎《りんたろう》がいいって言ってくれるなら、私はまたこうして一緒に旅行に行きたい。秋は紅葉を見に行きたいし、冬はスキーとか、温泉とか……春が来たらお花見したいし、また夏が来たら、ここに戻ってきたい。全部、凜太郎と一緒に」

「……そんなに俺と一緒にいたいのか？」

からかうようにしてそう問いかければ、玲は一瞬驚いたように目を見開く。

そしてその目を細めると、薄い笑みを浮かべた。

「――――うん。ずっと一緒にいたい」

そこには、一切濁りのない純粋な好意があった。

俺は一度玲から視線を逸《そ》らし、再び空を見上げる。

「ああ……俺もだ」

俺は自分の意志で、確かにそう口にした。

こんなこと、目を合わせて言えるわけがない。

心が落ち着いてきてようやく、再び玲と目を合わせることができるようになる。

「それ……本当？」

「こんな場面で嘘《うそ》なんてつかねぇよ。一度口にした言葉を曲げるつもりもねぇ」

「……嬉《うれ》しい」

間にあった距離を、玲の方から少し詰めてくる。

もはや俺たちの間には、少しでも動けば触れてしまえそうな距離しかない。

じれったく、もどかしい。

俺が俺でなかったのなら、玲が玲でなかったのなら、すべてを無視して触れられたのに。

「ねぇ、凛太郎」

「……何だ？」

「……ううん、何でもない」

「そうか」

俺たちは互いに、そこで口を噤《つぐ》んだ。

今の関係から先に進むのは、まだ早い。

彼女が夢を抱き続ける限り、俺たちの関係を変えることは難しいのだ。

俺も玲も同じ気持ちを抱いていたとしても――――。

「もう少しだけ見てくか」

「うん……そうしよう」

俺たちはただ、空を見上げて星を見る。

この気持ちは秘密にして、この場所に、この夏に置いていこう。

いつか取りに来て、いつか彼女に伝えられるように。

◇◆◇

「どうしてこうなってるんだ……？」

目覚めた俺は、目の前で繰り広げられているプロレスをただ茫然《ぼうぜん》と眺めていた。

いや、プロレスと言うにはあまりにも一方的すぎるか。

玲とカノンが同じベッドで寝ていたのだが、何故《なぜ》かカノンの腕が玲の首に巻き付いている。

後ろから絡みついていると言えばいいか。そんな技を受けている哀れな玲は、さっきからずっと苦しそうに唸《うな》っていた。

さすがに絞める強さは死ぬようなものじゃないが、今頃玲はタコにでも絡みつかれている悪夢でも見ていることだろう。

そう思うとカノンの髪色もゆでだこみたいに見えてきたなぁ。

「あれ、おはよう、りんたろーくん」

「あ、起きたか。おう、おはよう」

玲《れい》たちを見ていた俺の後ろで、ミアが体を起こす。

彼女は欠伸《あくび》を一つこぼすと、俺を見てニヤニヤとからかうような表情を浮かべた。

「もしかして、レイとカノンの寝顔でも楽しんでいたのかい？　だとしたら邪魔をしてすまないね」

「馬鹿言え。これ見てからそんな口利けよ」

俺が顎でベッドの方を指すと、ミアはベッドから立ち上がって俺と同じように彼女らを見下ろす。

そして察したように「あー」と声を漏らした。

「これは何というか……今までで一番悪い寝相だね」

「へぇ、これが最高傑作と」

「ベッドから落ちてるとかそういう次元じゃないからね。でもそろそろレイが可哀《かわい》そうかも」

「……だな。起こしてやるか」

ミアがカノンの肩に手を伸ばし、その体を揺さぶった。

そうしてゆっくり意識を浮上させた彼女が目を覚ます。

「おはよう、カノン。そろそろレイを離してあげてくれないかな？」

「んぅ……おっす……え？　あれ、何でレイがここにいんの？」

まだ寝ぼけているようだ。

玲から腕を離したカノンは、そのままゆっくり体を起こす。

「……あー、そうだ。コテージに泊まってるんだったわね。それで……」

「相変わらず朝に弱いみたいだね。ほら、顔洗ってきな」

「うん……」

状況が何も分かっていない様子のまま、カノンは部屋を出ていこうとする。

うーん、危なっかしいな。

「階段で転ばれても困るから、ちょっと付いてくわ。玲を起こしておいてくれるか？」

「分かったよ。お願いね」

そんなやり取りをミアと交わし、俺はカノンを追って部屋を出る。

廊下を出たカノンは、ふらふらしたまま階段を下りようとしていた。

慌てて駆け寄り、彼女の体を支える。

「おい、ちゃんと歩け」

「んー……」

「びっくりするくらい寝ぼけてんな」

腰に手を回して支えながら、階段を下りる。

そのまま洗面所まで向かい、鏡の前にカノンを立たせた。

「ほら、顔洗え」

「んー……」

水を出してやれば、目の前でパチャパチャと顔を洗い始める。

何だか動物を世話している気分になるな――。

「あれ……りんたろー？」

「ん？　おう、おはよう」

鏡越しに、カノンと目が合う。

すると彼女の顔は徐々に赤く染まり、突然勢いよく振り返った。

「何でりんたろーがあたしの家に!?」

「お前の家じゃねぇよ。よく見ろ」

「え!?　あ、ああ！　そうね！　そうだったわね！　コテージに来てるんだったわね……」

慌てた様子で、カノンは自分の発言を取り繕う。

何をそんな慌てることがあったのか。俺が困惑していると、彼女は自分の熱くなった顔を冷ますかのように何度も水を浴びせ始めた。

「いよいよ自分の家に連れ込んだのかと思っちゃったじゃないの……」

「んなわけねぇだろ」

「何で聞こえてんのよ!? ラブコメなら難聴が発揮されるところでしょ!?」

「この距離で話してて聞こえねぇわけねぇだろうが。現実的に考えろ」

「そうなんだけど！ そうなんだけどさ！」

俺は一体何で怒られているのだろうか？

まあ前々から理解できない連中だと思っていたし、一々ツッコミを入れるのはやめておこう。

「で、何であたしの背後を取ってたわけ？」

「お前が寝起きでふらふらと階段を下りてくから心配しただけだ」

「介護……！」

「お前がそこに行き着いちゃ駄目だろ」

確かに途中から思ってたけど。

「はいはいお二人さん。朝からイチャつかないで洗面台を明け渡してくれ。後ろがつかえているからね」

「……眠い」

どうやら第二の要介護が来たようだ。

ミアは眠い目を擦《こす》る玲の手を引いて洗面台の前まで移動させると、俺たちと入れ違いに顔を洗わせる。

さて――この間に朝飯でも作るか。

俺はキッチンへと移動すると、たまごやベーコンを焼きつつ食パンをトースターに入れる。

これでアイランドキッチンともお別れかと思うと、何だか寂しい。

いつかそういう家に住んでやるからな。


「あんたら、忘れ物ない？」

キャリーバッグを引くカノンが、振り返って問いかけて来る。

元々一泊しかしなかった俺には大した荷物もなく、リュック一つで事足りていた。

貴重品を取り出すような必要もなかったため、忘れ物は絶対にないと言い切れる。

心配なのは、俺の後ろからガラガラとキャリーバッグを引く二人だ。

「ボクは何度も確認したから大丈夫。レイは？」

「大丈夫……だと、思う」

うむ、心配だ。

まあその心配を解消するために何度も見直したし、おそらくは大丈夫だろう。最悪の場合は清掃の際に見つかるだろうし。

「あ、でも忘れ物っていうか……やり残したことはある」

「何だよ。もうタクシー来てるぞ？」

「皆で、写真撮ろう」

……ああ、なるほど。

カノンとミアが笑みを浮かべたのが見えた。

二人は玲を囲むように立つと、その体をくっつける。

「ほら、りんたろーくん」

「さっさとこっちに来なさいよ！　四人で写るわよ！」

夏場だというのにあんなにくっついて……何とも暑苦しい。

頭の中ではそう思っていても、足は自然と彼女らの下へ歩き出していた。

結局、この夏は周りの目を気にせずはしゃげたことで楽しめたと言っても過言ではない。

こういうところで遠慮しても、誰も得しないのだ。

「凛太郎《りんたろう》、真ん中に来て」

「おい……贅沢《ぜいたく》過ぎないか？」

「何が？」

「……何でもねぇよ」

大人気アイドル三人に囲まれて写真かぁ。

これは一生物のお宝になりそうだ。

カノンとミアに引っ張られ、玲の下に来るように誘導される。

中腰になった俺が少し視線を上げれば、ミアが構えたスマホが視界に映った。

これが噂《うわさ》の自撮りってやつか。もういつの噂かは分からないけれど。

「じゃあ、撮るよ。もっと真ん中に集まって」

「ちょ、ちょっと待って！　あたしバランスが――――」

シャッターが切られる寸前、真ん中に体を寄せていたはずのカノンのバランスが崩れる。

その結果彼女は俺の背中にのしかかってきて、上にいた玲の体が押し退《の》けられる。

さらに玲が横に押されたことでミアの体とぶつかり、見事に俺たち四人はその場で総崩れになった。

そんな中で、シャッターが切れた音が無情にも響く。

全員で確認した写真には、どたばたと地面に崩れていく俺たちの姿が写っていた。

何故か全員の顔がブレずに写っていたことが、奇跡の写真かのような妙な味を醸し出している。

「うーん……まあ失敗っちゃ失敗だけど、どうしよっか。撮り直す？」

「……ううん。これがいい。何だか楽しそう」

「ふふっ、そうだね。まったく見栄えはよくないけど、二度とこれと同じ写真は撮れないだろうし、大事にしようか」

隣で、ポーズが崩れた原因であるカノンが冷や汗をかきながら頷《うなず》いている。

そんな彼女に呆《あき》れつつも、俺も玲とミアの意見に同意した。

どんなに決まった写真よりも、この歪《いびつ》さが一番俺たちらしい――――。

そう、思ったから。

「まさか……あの凛太郎が乙咲《おとさき》さんのお隣さんになってるだなんて」

俺の家のソファーに腰掛ける雪緒《ゆきお》は、どこか放心したような様子でそう言った。

現在俺の部屋には、俺以外に二人の人物がいる。

一人は大親友の稲葉《いなば》雪緒。

そしてもう一人は、我らがアイドルの乙咲玲《れい》だった。

そう、俺は今日ついに雪緒にすべての事情を話すことにしたのである。

「本当は誰にも言うべきじゃないんだろうけど、お前だけには言っておこうと思ってな。身内と言っても過言じゃないし」

「ぼ、僕が君の身内かぁ……嬉《うれ》しいこと言ってくれるじゃないか」

えへへと頭を掻《か》く雪緒。

そんな彼を見て、玲は首を傾《かし》げていた。

「玲、どうした？」

「……本当に男の子？」

「何言ってんだよ。確かに細っこい体してるけど、ちゃんと男子だぞ?」

さっきからそう説明しているのに、何故《なぜ》か玲はずっと納得していない様子だった。

まあ最初は信じられない気持ちも分かるけど、もうこうして三人揃《そろ》ってからずいぶんと時間が経《た》ったわけだし、さすがに信じて欲しいもんだ。

こうして玲を交ぜて説明していたのは、説明しやすいという要素のほかにもう一つ事情がある。

玲の夏休みの宿題を手伝うためだ。

あの旅行から帰ってきて、日付はすでに八月十日を過ぎている。

残すところ三週間。まだ余裕があると言えばそれまでだが、玲は俺たちと違い過酷なレッスンや仕事がある。終わらせられる時に終わらせておかなければ、十中八九夏休み最終日までに終わらない。

「乙咲さんって、成績はどのくらいだっけ?」

「真ん中くらい」

「あれ? そうだっけ? 一年生の頃は定期テストでも結構上の順位で名前を見た気がするんだけど」

「成績が落ち始めたのは去年の後半から。ちょうど忙しくなってきた頃」

「あー、それじゃあ仕方ないね」

雪緒と玲の会話を聞いていると、俺の中に一つの疑問が浮かぶ。

「そう言えば、中学生の段階でアイドルにはもうなってたんだろ？　うちの学校って割と進学校だし、わざわざ難易度が高いところを目指す必要もなかったんじゃないか？」

「今の学校を目指した理由は――――ううん、内緒。言わない」

「え？　まあ言いたくないことがあるならいいけど」

ここで言い淀《よど》んだということは、親父《おやじ》さんからいい学校を出るように言われていたからとか、そういう理由だろうか。

そうだとしたら、俺と境遇が似ている。

「お前も苦労してんだな……」

「……多分勘違いだけど、今はそれでいい」

俺たちはそれぞれ宿題を広げ、取り掛かり始める。

玲のを手伝うとは言ったものの、別に彼女の代わりに問題集を解くとか、そういうことをするわけではない。

彼女が仕事で来られなかった部分の授業内容などをかいつまんで教え、どうしても自力で解けない問題があればそれも教える。

そして彼女が問題に取り組んでいる間は、俺たちも残った課題を消化するというのが今日のプランだ。

俺たちに関しては、あと一時間とそこいらで終わってしまうだろう。

初日にもうほとんど終わらせてあるし、残ったのも「いつでも終わらせられるから後でいいか」という甘えの下で放置されていた課題ばかり。

意外とこういうのが最終日まで残ったりするんだよなぁ。

「理数系に関しては俺に聞け。文系科目は雪緒の方が教え方が上手《うま》いから、そっちを頼るように」

「分かった」

そうして、俺たちは黙々と課題に取り掛かる。

玲も集中力に関してはさすがと言うべきか、今までの遅れを取り戻すかのようにすごいスピードで問題を解いていく。

正直あからさまに適当に解かれた問題もいくつか見られるが、まあ終わらせることが優先される今の状況では文句も言うまい。

真剣に取り組んで、ちょうど二時間ほどが経過した。

俺も雪緒もすでに自分の分は終わらせてしまい、手持無沙汰な時間が流れ始める。

「……コーヒーでも淹《い》れてくるか」

「手伝う？」

「いや、大丈夫だ。適当に本棚の本でも読んでてくれ」

「分かったよ」

俺は固まった体をほぐしながら、キッチンへと移動する。

そうしてそれぞれの好みに合わせたコーヒーを淹れれば、そのまま二人の前に置いた。

「ほら、玲。コーヒー置いとくぞ」

「ん、ありがとう」

集中していた玲もこの時ばかりは一度シャーペンを置き、マグカップに口をつける。

それを見ていた雪緒は、なぜか不満そうにしていた。

おかしいな、ちゃんと好みに合わせて淹れたはずなのに。

「雪緒、もしかして俺の淹れ方間違ってたか？　だったら淹れなおしてくるけど……」

「いや、そうじゃないんだ。乙咲さんのマグカップ、凛太郎とお揃いだなーっと思って」

「ん？　ああ、食器とかそういうもんも今は玲が買ってくれているしな。ずいぶん前に一緒に買いに行ったんだよ」

「……ずるい」

突然、雪緒の口からそんな言葉が飛び出した。

「僕だってそんなお揃いの物なんて持ってないのに！」

「いらないだろ……俺とお前の間にそんな物。玲だって意図的にペアマグカップを買ったわけじゃないだろ？　セットで安かったからだよな？」

そう玲に問いかければ、彼女はこっちを向いて首を傾げる。

「私はお揃いの物が欲しかったからこれを買ったよ？」

「ほらー！　やっぱり！」

そういうつもりだったのか――――。

別に悪いことじゃないが、何だか急にこのカップが重く感じてきたな。

「それにそのマグカップが自然な感じで家にあるのも納得いかないな。それなら僕の分があったっていいはずだろ？」

「だから……ほら、それがあるだろ？」

「無地の中の無地じゃないか！　僕もお揃いの物が欲しいよ」

何をムキになっているのだろうか。

ただ俺は、普段はあまり我儘《わがまま》を言わないが故に雪緒の駄々こねに弱い。

仕方ない。最近も玲に構ってばかりだったし、今日のところは雪緒のことも甘やかそう。

「分かった。んじゃ今度お前用のマグカップを買いに行こうぜ。これからまた家族旅行で海外なんだろ？　それが終わったら時間作るからさ」

「うっ……何か我儘言ってごめん」

「別にいいって。お前がこんな風に俺に対して何かを欲しがるってのも珍しいしな」

友人から頼られるっていうのはこれが意外と嬉しいもので。

もちろん普段から頼りっきりなのは到底褒められたものではないが、こいつに関しては自分一人でほとんど何でもできてしまうせいで、まともに頼られた覚えがない。

それこそストーカー被害の時くらいだ。

付け加えて言うならば、あの時の恩を雪緒は遠慮の方へ進めてしまった結果、あまり頼らなくなったとも言える。

「……私だけの特権だったのに」

「お前もお前で何と張り合ってんだ？」

どういう訳か、玲と雪緒の間に火花が散っている。

喧嘩《けんか》には至らないものの、何だか二人の間に確執ができてしまったようだ。

「……ん？」

何とか場を和ませようと冗談の一つでも考えていると、突然俺のスマホが震えた。

俺の頭の中に嫌な予感が駆け抜ける。

大体こういう時にスマホが震えると、ろくなことが起きていない印象があった。

また今回もトラブルだろうか。スマホを取り出し、画面を見る。

「……ミア？」

前は二《に》階堂《かいどう》から嫌なラインが来ていたが、今回の相手はあのミアだった。

『今廊下の方に出てこられるかな？』

うーん、まあ何かトラブルの様子はなさそうだが。

この二人をこの部屋に置き去りにするのは少し心配だが、今後過ごしていくにあたり仲良くなってくれなければちょっと困る。

今は二人で友好を深めてもらおう。せっかくクラスメイトなわけだし。

「乙咲さんは知ってるかな、凛太郎《りんたろう》の寝顔ってすごく可愛《かわい》いってこと。僕は何度か隣で寝たことがあるから知ってるんだけどさ」

「知ってる。私も凛太郎の部屋に泊まったことあるし、その時見ている」

「え!? と、泊まったことあるの!? ちょっとその話詳しく――――」

……やっぱり放っておこう。

俺はヒートアップする二人の会話から抜け出し、廊下へと出た。

すると手持無沙汰な様子で壁に寄りかかっていたミアと目が合う。

「やあ、急に呼び出して悪かったね」

「ああ、大丈夫だ。ただ友達が来てるから、あんまり長くは話していられないぞ?」

「大丈夫。すぐに済むからさ」

彼女は一度目を伏せると、どこか潤んだ目を向けてくる。

そして自分の服の裾を摑《つか》んで言い淀んだ様子を見せると、一息吐《つ》いた後に口を開いた。

「ボクと、お付き合いしてくれないかな？」

「……は？」

頭が真っ白になる。

たった今告げられたはずの言葉を理解できず、脳のキャパを超えてしまったらしい。

「……それだけ。返事はまた今度聞かせてほしい」

――――それじゃ。

最後にそう言い残して、彼女は自分の部屋に戻っていく。

俺が求めたはずの平穏は、またもやどこか遠いところへ逃げてしまったらしい。

「凜太郎、花火大会に行きたい」

「は？」

海から帰ってきてから、しばらく過ぎた。

夏休みもそろそろ後半戦。

学生たちの生活リズムが程よくぶっ壊れてきたであろうこの時期に、玲《れい》が突然そんなことを言い出した。

「駄目？」

「いや、別に行きたきゃ行ってくりゃいいんじゃねぇの？」

「凜太郎と一緒に行きたい」

「……そんなこったろうと思ったけど」

俺はアシスタントのバイト代で購入した料理のレシピ本を閉じ、玲に向き直る。

「何度も言ってるけど、お前は有名人なんだ。それもアイドルっていう繊細な職業なんだからさ、俺と一緒に歩いてたらまずいことくらい分かるだろ？　それに花火大会なんて人の目のパラダイスじゃねぇか。なおさら駄目だね」

「大丈夫。私にいい考えがある」

「……お前のいい考えにこれまでどれだけ振り回されてきたか」

結果的に何事もなくこうして生活できているが、俺はそのどれもが運がよかっただけだと思っている。

確かに玲の変装は毎回完璧だが――。

「変装するから大丈夫とか言うなよ？　いくらお前が変装したって、人の多さがショッピングモールとかとは訳が違うんだ。人混みに揉《も》まれることになるし、そうなりゃ至近距離で顔を見られることだってあるだろ。ただでさえお前の容姿は誤魔化しきれないんだから、絶対バレる」

「それってどういう意味？」

「お前くらい可愛い女はそうはいないって意味だよ！　言わせたいだけだろ！」

「うん、満足」

最近、玲が妙な小細工を使ってくるようになった。

海での一件を経てから何かが吹っ切れたようで、かなり大胆になっている気がする。

自分の魅力を理解し始めているというか。

いやまあ、アイドルである以上これまでも理解はしていたんだろうけど、俺が玲自身を魅力的だと感じていることに気づかれたと言うか、俺に可愛いと言わせようとしてくるというか……。

段々俺も慣れてきて、最近は褒めることに抵抗が弱くなってきた気がする。

やれやれ、このままじゃ褒め上手のいい男になっちゃうなぁ。

「でも、大丈夫。変装以上にバレないアイデアがある」

「……で、その案は?」

「それは当日までのお楽しみ」

「お前そう言って有無を言わさず俺を花火大会に連れて行く気――」


そして、当日がやってきた。


「……」

何だろうか、このテンポ感は。

いつの間にか夏祭りの当日がやってきて、俺は玲に指定された通り会場から少し離れた場所で待機していた。

できる限り人の通りが少ないところで待っているつもりだったのだが、花火大会目的の人間が想像以上に多い。

——正直、俺は花火大会に対してそこまで乗り気ではなかった。

理由はまあ、色々あるのだが。

っと、始まる前からマイナスな思考になるのは間違っているな。

俺は頭に浮かんだ嫌な思い出を振り払い、気を紛らわせるために周囲を見渡す。

（そういや、玲は浴衣とか着てくるのか……？）

浴衣姿で道を行く人たちを見て、俺はふとそんな疑問を抱いた。

俺も家を出る時に少しだけ花火大会っぽい格好をしていくか考えたのだが、浴衣なんて持っていないし、前に夏用の寝間着として買ってみた甚平はポケットがないせいで手荷物が増える。

どうやら安価な物にはポケットがないことが多いらしく、言うまでもなく金をケチった俺はその罠《わな》に嵌《はま》った。

いや、罠なんて言ってすみません。ちゃんと調べなかった俺が悪いです。

「凛太郎、お待たせ」

ボーっとしていた俺は、玲の声を聞いて顔を上げた。

「いや、大して待っては……って、お前のそれは何だ……？」

「いいでしょ。とても可愛い」

白を基調として赤い花の装飾がほどこされた着物。

手入れの行き届いた金髪は日本人らしいその着物に合わないかと思いきや、そこはさすがアイドル。どんな衣装でも完璧に着こなしてしまうほどのポテンシャルが、玲にはあった。

しかしこれではミルスタのレイであることが丸わかり――――と思いきや、彼女の顔を覆っているキツネのお面が、彼女を彼女たらしめている部分をすべて隠してしまっていた。

「まさか、お前の案って……」

「そう、これをつけていればさすがに誰も分からない」

そりゃそうだろう。だってそもそも顔がほとんど見えていないんだから。

さすがに金髪は目立つだろうけど、それを後ろで一つに縛っていることで普段の玲とはまったく違う印象になっている。

このお面を外さない限り、玲がレイであることがバレる可能性は……低い気がする。

気がするだけかも。

「花火大会には屋台もいっぱいある。だからお面も売ってる。だから私のこれも、不思議じゃないはず」

「いや、まあ……」

うーん、そうかなぁ？　そうなのかなぁ。

まあいいか、確かにバレなそうだし。

「つーか、浴衣は持ってたんだな」

「ううん、これはレンタル。でも凛太郎が気に入ってくれるなら、そのまま購入するつもり」

「似合ってるとは思うんだけど、お面のせいで正直何とも言えねぇ」

「それは残念。じゃあ帰ったら判断してくれる？」

「仕方ねぇ、その時は素直な感想を伝えるよ」

どちらが何を言うまでもなく、俺たちは自然と会場の方へと歩き出す。

会場に近づくにつれ、人の数はどんどん増えていった。

やがて周囲は人だらけになり、見晴らしも悪くなる。

「こりゃはぐれたら大変だなぁ……」

「手、繋《つな》ぐ？」

「だからお前……もう少し芸能人だって自覚を――」

「このお面があれば、絶対に気づかれないと思う」

「……」

それは、確かに。

参ったな、逃げ道がない。

自分からはぐれたら大変だと言っておいて何もしないのは、さすがに感じが悪すぎるか。

「……じゃあ、お前が嫌じゃなければ……ほれ」

「うんっ」

差し出した手を、玲が握る。

彼女の少し高い体温が手から伝わってきて、不覚にも心臓が跳ねた。

こうなってくると自分の体臭とか手汗とか、気になることが山ほど出てくる。

「気になったら、ごめん」

「な、何が？」

「暑いし、私の手汗すごいかもしれない」

玲は少し恥ずかしそうに頬を赤らめていた。

その様子を見て、俺は思わず吹き出してしまう。

「何か変？」

「くっ、いや、俺も似たようなこと考えてたから、思わずな」

「そうなんだ。じゃあ、今私と凛太郎《りんたろう》の汗が混ざり合ってるってこと？」

「アイドルがそんな汚いこと言っちゃいけません」

相変わらず玲の考えることは少しおかしいが、この場においては助かった。

変に緊張していた部分が和らいで、徐々にいつも通りの俺に戻っていく。

それにしても、人の数がすごい。すごすぎる。

「冷静になってみると、これ俺たち花火見られるのか？」

「ちょっとだけ調べてみたけど、場所を選ばなければ大丈夫。でも、できれば川辺に近づきたい」

「まあそりゃそうだよな」

この花火大会の花火は、川辺から打ち上げられる。

俺たちがいる場所はその対岸周辺であり、当然川に近ければ近いほど障害物に遮られることなく花火を楽しめるというわけだ。

「本気で見たがってる人たちは場所取りとかしてるんだろうなぁ……」

「凛太郎はちゃんと花火見たかった？」

「せっかくだしな。そう言うお前はどうなんだよ。わざわざ誘ってきたわけだし、花火が見たかったんだろ？」

「確かに花火は見たかった。でも凛太郎との思い出ができれば、それでいい」

「っ……」

「海も楽しかったけど、二人きりじゃなかったから」

サラっと言ってのける玲を前にして、俺は言葉に詰まる羽目になった。

どうしてこいつはそんな小っ恥ずかしくなるようなことを簡単に言えるんだろう。

誰よりも純粋で、汚れがない。

だからこそアイドルとしてステージに立った時に、一番輝いて見えるのかもしれない。

「でも、これだと本当に見られないかもしれないね」

「……そうだな」

人の数はまだまだ増え続け、俺たちは見事に埋もれてしまった。

ここから見ても、おそらく花火の端っこしか見えないだろう。

そして、悲劇はここぞとばかりに重なってしまう。

「あっ……！」

突然玲《れい》の体がグラつき、俺は慌てて支えに入る。

何かに躓《つまず》いてしまったようだが――。

「大丈夫か？」

「うん、ちょっと足を踏まれただけ……いっ」

「おい！」

歩き出そうとした玲の顔が、痛みで歪《ゆが》む。

「足でも捻《ひね》ったんじゃねぇだろうな」

「少し捻ったけど……大丈夫、怪我《けが》ってほどじゃない。歩くことはできる」

「ならいいが……」

さて、困ったことになった。

大事には至っていないとはいえ、もし足の具合が悪化するようなことがあれば、しばらくアイドル活動にも支障が出るだろう。

俺がついている以上、そんなことはさせられない。

「……なあ、玲」

「何？」

「俺と一緒に花火が見られたら、それでいいんだな？」

「うん」

「じゃあ、黙って俺に付き合ってくれ」

キョトンとしている玲の手を引いて、花火会場へ続いている人の波から離脱する。

まだ花火が上がってもいないのに帰ろうとしている者は少ない。

空《す》いている道から引き返した俺たちは、そのまま自分たちのマンションの最寄り駅まで戻ってきた。

そして近くの公園に寄ると、そこのベンチに玲を座らせる。

「十分くらいで戻ってくる。それまで一応これで足を冷やしておけ。……あ、お面は俺が戻ってくるまで外すなよ。万が一があるからな」

「うん……分かった」

事態が呑《の》み込めていない玲に自販機で買った水を手渡し、俺は一度公園を出る。

そして近所のホームセンターでとある物を購入した俺は、急いで玲の下へと戻った。

「悪い、待たせたな」

「待つのは平気。ホームセンターの方に駆けていくところまでは見えてたけど、何を買ってきたの？」

「ああ、これだ」

俺は両手に持った袋から、手持ち花火を取り出した。

「花火……！」

「打ち上げ花火は見られなかったが、これも一応花火だと思ってな。規模は一気に小さくなったけど、二人で楽しめるってことには間違いないだろ？」

「……うん、むしろ最初からこれでよかったかも」

俺は公園に備え付けられた水道の下へ行き、その近くにあったプラスチックのバケツを手に取る。

前にこの公園の前を通った時、大学生くらいの男女がここで同じように花火を楽しんでいる姿を見かけた。

彼らがその時火消しのために使っていたバケツが、これ。

どうやら彼らの物っていうわけでもないらしく、どこかの誰かが置いていってずっとそのままになっている物らしい。

だからって自由に使っていいというわけでもないが、まあほんの少しの間くらい構わないだろう。

「そんじゃ、二人だけの花火大会ってことで」

「……うんっ」

玲と共に花火の封を開け、一緒に購入したライターで火をつける。

色とりどりに輝く火花たちが、夜の公園を照らし始めた。

綺麗《きれい》だとは思うけれど、これは決して特別な光景ではない。

こうして花火さえ購入すれば、いつだって見ることができるものだ。

しかし玲がいれば、こんなありふれた光景も〝特別〟に変わる。

「……」

「ん、どうかした？」

「え？　ああ、いや……何でもねぇ」

おっと、危ない。

花火をもっとよく見ようとお面を外した玲の顔が、あまりにも綺麗で。

色とりどりの光に照らされた彼女は、まるでステージの上にいる時のようだった。

あの時のライブを思い出して照れ臭くなった俺は、視線を花火へと戻す。

そしてしばらく、沈黙の時間が流れた。

「お、お前が有名人じゃなければ、そんなお面に頼らずに外出できたのにな」

照れ隠しのために吐いた言葉は、あまりにも空気が読めていなかった。

素顔のまま日常生活を送れない。

それを一番気にしているのは、彼女であるはずなのに。

「……私がアイドルじゃなかったら」

焦る俺の前で、玲が口を開く。

「私がアイドルじゃなかったら、凛太郎はこうして私と一緒にいてくれた？」

玲は外していたキツネのお面に視線を落とす。

人目を気にし続ける生活のストレスは、多分俺のような一般人では一生理解できない。

理解してやることができない。

ここで俺が玲に言ってやれることは――――。

「……お前がアイドルじゃなかったら、きっと俺はここにはいなかった」

もし玲がアイドルじゃなかったら、俺たちは教室で普通に話して、たまに帰り道が一緒になったり、学校行事を一緒に楽しんだりして、クラスメイトとしての良好な関係を築いていただろう。

だけどきっと、俺は彼女に対して一生心を開くことはなかった。

あの時空腹で倒れかけた玲を助けなければ。

家に連れ帰って料理を食わせなければ。

俺たちの関係は数々の偶然の上に成り立っている。

「……そっか。それなら、よかった」

玲は心の底から安心した様子で、小さく笑った。

この先も、ずっと先も、俺がやるべきことは分かっている。

玲を支えて、今の道を進んでいることを後悔させないこと。

どういう結果が待ち構えていようと、最後まで走り切らせることだ。

「何か、しんみりしちまったな。どうせこういう空気になっちまったなら、線香花火でもやるか」

「ん、せっかく線香花火やるなら、勝負したい」

「どっちが先に落とすかってやつか」

「うん。お互い何かを賭けた真剣勝負」

この前の海でも思ったことだが、こいつら意外と何かを賭けて戦うことが好きだよな……。

「凛太郎が負けたらどうする？」

「そうだなぁ……んじゃ、今回の埋め合わせとして、焼きそばとかたこ焼きとか、屋台で食える物を作ってやるよ。どうせ食いたかったんだろ？」

「うん」

「素直で結構。じゃあお前が負けたらどうするんだ？」

「……次のイベントで見せる衣装を、先に凛太郎《りんたろう》だけに見せる」

「お前いつも自信満々に見せてくるじゃねぇか」

「う……じゃあ、またお風呂で背中流す……？」

「ぐっ」

上目遣いで問いかけられ、俺は心臓を撃ち抜かれる。

中々これは断りにくい。

アイドルに背中を洗ってもらうなんてシチュエーション——誰がどう考えても夢のような提案であることに間違いはない。

ここでそれは褒美になり得ないと言えば、玲が傷つく可能性も……。

「分かった、それでやろう」

「ん、じゃあ、一回勝負」

俺と玲はそれぞれ線香花火を一つずつ手に取り、火をつけた。

先端についた火種は徐々に火花を強め、やがて綺麗な花を咲かせる。

さて、ここで俺が取れる選択肢はたった一つだけ。

さすがに二回目の風呂イベントは、俺の心臓が持たない。

俺は勝つことを諦め、線香花火を少し揺らす。

すると火花が収まり始めていた先端の火種が、ポトリと地面に落ちた。

──二つ同時に。

「「え？」」

俺たちの声が重なる。

お互いの足元を見て同時に火種が落ちたことを確認した後、俺たちは顔を見合わせて笑った。

何だよ、考えることも同じか。

「引き分けだね」

「だな。これはどうすっかなぁ」

「どっちもやるっていうのは？」

「却下。ここはノーゲームにしておこうぜ」

「むぅ……」

不満そうな玲をよそに、俺は立ち上がって体を伸ばす。

花火はまだ残っているが、だいぶ遊びつくした感があった。

ここで帰るのが一番気持ちいい気がする。

「帰ろう。今日の飯は、そうだなぁ……焼きそばでも作るか！」

「あ、ずるい。最初から作る予定だったの？」

「さあな。気分じゃないなら別のメニューに変えるけど？」

「ううん、むしろ焼きそばの気分だった」

「よし、それでいい」

片付けを終え、俺たちは帰宅のために歩き出す。

俺たちに待ち受ける未来は、きっと簡単にはいかないことばかりだろう。

弾《はじ》けては消える花火のように、輝いていられる時間は短いかもしれない。

きっと玲《れい》は、それがアイドルの人生だと考えている。

たまにそれが切なく感じてしまうけれど、でも、きっとそれでいいのだ。

しけって打ち上がることすらできなかった花火よりも、そっちの方がきっと、後悔しないと思うから――――。

あとがき

一巻から引き続き本シリーズを手に取っていただき、誠にありがとうございます。

改めまして、作者の岸本和葉です。

凜太郎《りんたろう》とミルフィーユスターズの出会いの物語である一巻に対し、二巻はそうして芽生えた絆《きずな》をさらに深めていく物語でした。

一巻の時点では彼女らに対しまだ若干の距離を置いていた凜太郎の心境にも変化が訪れ、今後の物語の発展にも一役買う内容になってくれたと思います。

そして私の大好きな水着回でもある二巻。

どういう形であれ、私は絶対にこのイベントを書こうと一巻の頃から決めていました。

しかしただの水着回に飽き足らず、お泊り要素まで入れてしまったのは、我ながら欲張りだなぁと少しだけ反省しております。

後悔はしていませんが……。

短くはなりますが、今回も制作に関わってくださった皆様、そして一巻に引き続き購入してくださった皆様、本当にありがとうございます。

次巻、また皆様と出会えることを願って――――。

OVERLAP

一生働きたくない俺が、クラスメイトの大人気アイドルに懐かれたら 2
国民的美少女と夏の思い出を作ることになりました

発　　行　2022年7月25日　初版第一刷発行

著　　者　岸本和葉
発 行 者　永田勝治
発 行 所　株式会社オーバーラップ
〒141-0031　東京都品川区西五反田 8-1-5
校正・DTP　株式会社鷗来堂
印刷・製本　大日本印刷株式会社

Printed in Japan　ISBN 978-4-8240-0235-8 C0193